COLEÇÃO MUNDO AFORA

Irene Solà
Canto eu e a montanha dança

TRADUÇÃO DO CATALÃO
Luis Reyes Gil

*mundaréu

@ Editora Mundaréu, 2021 (tradução e presente edição)
@ Irene Solà Sáez, 2019

originalmente publicado por Editorial Anagrama
c/o Indent Literary Agents
www.indentagency.com

TÍTULO ORIGINAL
Canto jo i la muntanya balla

LLLL institut ramon llull Esta tradução contou com o apoio financeiro do Institut Ramon Llull, da Catalunha.

COORDENAÇÃO EDITORIAL E TEXTOS COMPLEMENTARES
Silvia Naschenveng

CAPA
Estúdio Pavio
(a partir da tapeçaria "The unicorn purifies water", 1495–1505,
Países Baixos, Metropolitan Museum of Art)

DIAGRAMAÇÃO
Luís Otávio Ferreira

PREPARAÇÃO
Fabio Fujita

REVISÃO
Lorrane Fortunato e Camila Araujo

Edição conforme o Acordo Ortográfico da Língua Portuguesa (1990).

Dados Internacionais de Catalogação na Publicação (CIP)
Angelica Ilacqua CRB8-7057

Solá, Irene
  Canto eu e a montanha dança / Irene Solà ; tradução de Luis Reyes Gil.
-- São Paulo : Mundaréu, 2021.
  224 pp. (Coleção Mundo afora)

ISBN 978-65-87955-07-0
Título original: Canto jo i la muntanya balla

1. Ficção catalã I. Título II. Gil, Luis Reyes
21-2665   CDD 849.93

Índice para catálogo sistemático:
1. Ficção catalã

1a edição, 2021; 3a reimpressão, 2025
Todos os direitos desta edição reservados à
EDITORA MUNDARÉU LTDA.
São Paulo – SP
www.editoramundareu.com.br
vendas@editoramundareu.com.br

Sumário

7 Apresentação
11 Nota do tradutor

Canto eu e a montanha dança

    I
21 O raio
27 O nome das mulheres
37 A toalha branca
51 As trombetas

    II
57 O aguazil
71 A primeira corça
79 A cena
87 A poesia
97 O irmãozinho de todos

    III
111 O tranco
129 Puxar bebês
137 A neve
147 O medo
159 Lluna

    IV
167 O urso
171 Cristina
183 A dança da aveia
199 O fantasma

221 Nota da autora
223 Agradecimentos infinitos

Apresentação

Canto eu e a montanha dança é um livro singular. Literalmente telúrico, e justamente por isso singular, pois adota uma perspectiva rara, alheia ao antropocentrismo, com percepções sensoriais que não alcançamos, uma temporalidade que nos ultrapassa, um destino que nos ignora e total indiferença aos nossos conceitos de bem e mal e nossa hierarquia de valores. Um livro experimental, intuitivo e de uma beleza selvagem.

Logo no princípio, o leitor há de se surpreender com o primeiro narrador e com a inexorabilidade das primeiras cenas. Porém, como seria contar histórias de uma comunidade tão imersa em hábitos e crenças transmitidos por seus ancestrais e no ambiente natural, sem que essas crenças se manifestassem em seu dia a dia e esse ambiente moldasse vidas? Os narradores inusitados se alternam ao longo da obra em um movimento fluido no decorrer do tempo, e formam uma tessitura sutil, que entrega a polifônica história de uma família montanhesa e suas relações, paixões "desnudas e autênticas" e suas desventuras.

A montanha de fato dança, tem vida e ordem indiferentes às nossas. Irene Solà cria atmosferas e sensações e borra a divisas entre real e irreal para cantar uma região

— próxima a Camprodon e Prats de Molló i la Presta, nos Pireneus catalães —, recorrendo a lendas da Catalunha, seus fantasmas, sua flora e fauna — que inclui Domènec, Sió, Mia, Oriol, Lluna, personagens agrestes e ricos. A história da montanha abarca a memória dos séculos, das eras geológicas, conflitos políticos (especificamente a retirada dos republicanos para seu exílio na França, ao fim da Guerra Civil Espanhola, que tanto impacto teve na Catalunha), e a interação cotidiana com a natureza que a habita.

Um ciclo de vida que não atende nossos cronogramas, mas que evidencia a beleza da sobrevivência e resiliência de seus pequenos seres, sejam cervos, sejam pessoas. O que, de um ponto de vista antropocêntrico, é praticamente um direito adquirido, o curso natural da vida, em uma perspectiva mais ampla passa a ser um pequeno milagre.

A autora, que também é poeta e artista plástica, explora seus temas de interesse em diferentes campos artísticos, temas esses frequentemente associados a tradições populares catalãs. Como em 2020, quando realizou a exposição *Hay una historia de una mujer que...* a partir de um conto tradicional catalão, intercalando imagens e testemunhos de antigos processos por bruxaria, justamente para dar voz às bruxas, pois o que prevalecera era a versão dos algozes. Neste *Canto eu e a montanha dança*, percebemos a busca de Solà por vozes menos óbvias e por imprimir um caráter de proximidade e espontaneidade a sua narrativa.

***

Gostaríamos de aproveitar a oportunidade e agradecer publicamente nosso tradutor, Luis Reyes Gil, catalão criado em São Paulo. Acreditamos que, sem seu entusiasmo por esta tradução e seu afeto pelas coisas catalãs, não teríamos alcançado alguns dos significados e sutilezas que enriquecem este livro.

*mundaréu

São Paulo, junho de 2021

Nota do tradutor

O catalão é falado por cerca de sete milhões de pessoas. Na Catalunha, o longo histórico de resistência à dominação externa aumentou o apreço do país por sua literatura, poesia, música e artes em geral. A língua catalã, em sua luta pela autopreservação, carrega também um valor de resistência em todos os seus registros, do culto ao popular, da fala da rua à alta poesia. Neste livro, ambientado na região dos Pireneus, Irene Solà explora a riqueza da língua catalã especialmente em sua oralidade, num registro mais informal, com todas as suas reiterações, elisões, imbricações e recursos próprios de uma expressão espontânea, às vezes irreverente em relação aos cânones mais rigorosos da escrita. Na tradução, procurei resistir ao impulso de ajustar demais o discurso oral ao registro formal, a fim de preservar o sabor dessa fala despreocupada e seu poder de nos aproximar mais dessa cultura tão peculiar e rica.

Agradeço à Associação dos Escritores de Língua Catalã (AELC) por fazer parte do programa de Consultorias para Tradutores Literários que essa associação promove em colaboração com o Institut Ramon Llull, e a Gabriel de la S. T. Sampol, tradutor de português para o catalão, também desse mesmo programa, a quem agradeço a valiosa ajuda.

Canto eu e a montanha dança

Canto jo i la muntanya balla

Para Oscar

*Og þegar vorvindarnir blása um dalinn; þegar vorsólin skín á hvíta sinuna á árbakkanum; og á vatnið; og á tvo hvíta svani vatnsins; og laðar vornálina frammúr keldum og veitum, — hver skyldi þá trúa því að þessi grösugi friðsœli dalur búi yfir sögu vorrar fyrri œvi; og yfir forynjum hennar? Menn ríða meðfram ánni, þar sem hestar liðinna tíða hafa gert sér götur hlið við hlið á breiðu svœði öld frammaf öld, — og ferskur vorblœrinn stendur gegnum dalinn í sólskininu. A slíkum dögum er sólin sterkari en fortíðin.**

Sjálfstœtt fólk [Gente independente]

HALLDÓR LAXNESS

* *E quando as brisas primaveris sopram no vale; quando o sol de primavera brilha sobre a relva seca do ano anterior, que cobre as margens do rio, e sobre o lago e sobre os dois cisnes brancos do lago, e faz brotar, com seus afagos, a relva nova do chão esponjoso dos pântanos... Quem acreditaria num dia assim que esse vale verde e tranquilo guarda a história do nosso passado e de seus espectros? As pessoas cavalgam à beira do rio, ao longo das margens, onde, de lado a lado, jazem todos os caminhos, abertos um a um, século após século, pelos cavalos de outrora... e as brisas frescas sobrevoam o vale ensolarado. Num dia como esse o sol é muito mais forte que o passado.*

I

O RAIO

Chegamos com as barrigas cheias. Doloridas. Os ventres negros, carregados de água escura e fria, e de raios e trovões. Vínhamos do mar e de outras montanhas, e sabe-se lá de que outros lugares, e sabe-se lá o que havíamos visto. Raspávamos a pedra no alto dos cumes, como sal, para que não brotasse nem erva daninha. Escolhíamos a cor das encostas e dos campos e o brilho dos rios e dos olhos voltados para o alto. Ao nos avistarem, os animais silvestres se enfiaram nas tocas, e encolheram o pescoço e ergueram o focinho, para sentir o cheiro de terra úmida se aproximando. Cobrimos todos como uma manta. Os carvalhos e os buxos, as bétulas e os abetos. Psssssiu. Todos ficaram em silêncio, porque éramos um teto severo que decidia sobre a tranquilidade e a felicidade de ter o espírito seco.

Depois da chegada, e da quietude, e da pressão, depois de encurralar o ar suave lá embaixo, disparamos o primeiro raio. Bang! Como uma distensão. E os caracóis encaracolados tremeram dentro de suas solitárias casas, sem nenhum deus e nenhuma oração, sabendo que se não morressem afogados sairiam redimidos para respirar aquela umidade. E então despejamos água em gotas imensas, como moedas, sobre a terra e sobre a relva e as pedras, e o trovão estremecedor ressoou nas cavidades torácicas de todos os bichos. Foi então que o homem disse taqueospariu! Disse em voz alta, porque quando se está sozinho não é preciso se preocupar com o silêncio. Um taqueospariu inútil, pois você se deixou alcançar pelo temporal. E rimos, uh, uh, uh, uh, enquanto molhávamos sua cabeça, e nossa água se enfiava pela gola da sua camisa, e escorria pelos ombros e pelas costas, e eram frias e despertavam o mau humor dele, as nossas gotinhas.

O homem vinha de uma casa ali perto, encarapitada no meio da encosta, acima de um rio que devia ser frio porque se escondia sob as árvores. Havia deixado duas vacas, um punhado de porcos e galinhas e um cachorro e dois gatos desgarrados, uma mulher e duas crianças e um velho. O nome dele era Domènec. E tinha uma horta viçosa à meia montanha, e umas terras mal lavradas à beira do rio, porque quem cuidava da horta para ele era o velho, que era seu pai e tinha as costas retas como uma mesa, mas quem lavrava as terras era ele. Viera testar uns versos, o Domènec, naquela encosta de montanha. Para ver que gosto tinham e como soavam, e porque quando se está só não é preciso dizer versos em voz baixa. Havia encontrado um punhado de cogumelos trombetas-dos-mortos fora da estação, naquela tarde, quando viera cuidar da criação, e os trazia enrolados na barra da camisa. A criança de colo chorava quando ele saiu de casa, e a mulher dissera "Domènec", como uma queixa e uma súplica, e Domènec saiu mesmo assim. É difícil compor versos e contemplar a virtude que se esconde dentro de todas as coisas quando as crianças choram com aquela estridência de leitãozinho escorchado que faz o coração da gente acelerar mesmo que não queira. E queria olhar as vacas. Precisava dar uma olhada nas vacas. E a Sió por acaso entendia alguma coisa de vacas? Nada. O bezerro fazia maaaaaaaaaaa, maaaaaaaaaaaaa. Desesperado. Não entendia nada, a Sió, de vacas. E voltou a exclamar, taqueospariu! Porque tínhamos sido rápidas, caramba, imprevisíveis e sigilosas, e o pegamos de surpresa. Taqueospariu! Porque o bezerro estava com a cauda presa numa barafunda de arame. Os fios tinham se embaraçado entre duas árvores e, com os puxões que ele dava, ralavam a parte de trás de suas pernas, que agora reluziam ensanguentadas, fendidas e sujas. Fazia maaaaaaaaaaa, maaaaaaaaaa, preso pela cauda entre as duas árvores, e a mãe dele o velava, inquieta. Domènec, debaixo do aguaceiro, subiu o morro até onde estava o bicho. Tinha as pernas bem formadas de tanto subir a montanha para tomar um ar quando as crianças gritavam demais, ou quando pesavam demais, e pesavam demais o arado e o silêncio do velho e todas as palavras, uma atrás da outra, da mulher, que se chamava Sió e era de Camprodon. E bem que ela se deixara iludir, porque a fizeram subir sozinha ao alto daquela montanha com um homem que sumia a toda hora e um velho que não falava. E olha que às vezes o Domènec amava, e amava de verdade, a Sió, ainda. Mas é que pesava tanto, taqueospariu, Satanás!, a casa. Deviam ter mais tempo para se conhecer, as pessoas, antes de se casar. Mais tempo para viver antes de fazer filhos. Às vezes, ainda pegava a mulher pela cintura e a fazia rodopiar, mais uma vez e de novo, como quando namoravam, porque a Sió, meu Deus, a Sió, que pernas! Deixou as trombetas no chão. O bezerro rugia. Domènec chegou perto, as duas mãos à frente. Devagar. Dizendo coisas com uma voz grave e tranquilizadora. Pssst, pssst, fazia ele. A mãe espreitava desconfiada. Os cabelos do Domènec pingavam. Quando chegasse em casa, mandaria esquentar água para lavar o frio e a chuva. Examinou os arames que laceravam as patas do animal toda vez que ele estrebuchava. Segurou a cauda dele bem firme, pegou a navalha e cortou com jeito o pelo enroscado. E então deixamos cair o segundo raio. Rápido como uma serpente. Zangado. Aberto como uma teia de aranha. Os raios vão aonde querem, assim como a água e as avalanches, como os insetos pequenos e as gralhas, cujos olhos se enchem com tudo o que é bonito e brilha. A navalha fora do bolso do Domènec brilhou como um tesouro, como uma pedra preciosa, como um punhado de moedas. A lâmina de metal, polida, refletiu-nos como um espelho. Como dois braços abertos, como um chamado. Os raios se enfiam onde querem, e o segundo raio se enfiou na cabeça do Domènec. Dentro, dentro, até o coração. E tudo o que ele via dentro dos olhos era preto, da queimadura. O homem desabou na relva, e a campina pôs a bochecha dela contra a sua, e todas as nossas águas alvoroçadas e contentes se enfiaram pelas mangas da camisa dele, por baixo do cinto, dentro da cueca e das meias, buscando a pele ainda seca. E morreu. A vaca foi embora em pânico, o bezerro correndo atrás.

 As quatro mulheres que viram aquilo se aproximaram. Bem devagar. Porque não estavam acostumadas a se interessar pela maneira como as pessoas morrem. Nem a ter interesse pelos homens atraentes. Nem pelos feios. Mas a cena havia sido de arrebatar os olhos. Produzira uma luz tão intensa que, em suma, não faria nenhuma falta não enxergar nunca mais. A navalha atraíra o raio, e o raio branco havia mirado bem na cabeça do homem e fizera-lhe a risca no meio do cabelo, e as vacas fugiram apavoradas como numa comédia. Alguém poderia ter escrito uma canção sobre o cabelo do homem e o pente do raio. E, na canção, teria posto pérolas nos cabelos, brancas como o brilho da navalha. E dito coisas sobre seu corpo, e os lábios abertos, e os olhos claros, como um copo onde a chuva se enfiava. E do rosto tão bonito por fora e tão queimado por dentro. E da água que lhe caía como uma correnteza sobre o peito e atrás, nas costas, como se quisesse levá-lo embora. E das suas mãos, a canção também teria falado, curtas, fortes e grossas, uma, aberta como uma flor que vê chegar a abelha, e a outra, agarrada à navalha como uma rocha que se enfiou dentro de uma árvore.

Uma das mulheres, a que se chamava Margarida, tocou uma das mãos dele, tanto para saber se o homem queimava, com o raio dentro, como pela carícia em si. Então, quando as mulheres se afastaram dele e foram pegar os cogumelos encharcados que o homem largara ali no chão, e deram a cena por vista, pois tinham muitas outras coisas a fazer e muitas coisas em que pensar, nós, como que contagiadas pela aceitação delas e pela tarefa cumprida, paramos de chover. Saciadas. Desanuviadas. E quando ficou claro que havíamos parado, os pássaros saltitaram até o centro dos galhos e cantaram a canção dos sobreviventes, com o estômago pequeno cheio de mosquitos, com as penas eriçadas e furiosos conosco. Pouco tinham do que reclamar, pois nem sequer havíamos lançado granizo, apenas chovido o tempo justo para matar um homem e um punhado de caracóis. Mal tínhamos feito cair algum ninho ou inundado um campo.

Então fomos embora. Extenuadas. E contemplamos nossa obra concluída. As folhas e os galhos pingavam, e fomos embora, vazias e frouxas, para outro canto.

Uma vez, fizemos chover rãs, e outra vez chovemos peixes. Mas o melhor é chover granizo. As pedras preciosas precipitam-se sobre as aldeias, os crânios e os tomates. Redondas e congeladas. Enchem as margens e os caminhos de um tesouro de gelo. As rãs caíam como uma maldição. Os homens e as mulheres corriam, e as rãs, que eram muito, muito pequenas, se escondiam. As danadas. Os peixes caíam como uma bênção sobre a cabeça dos homens e das mulheres, como bofetadas, e as pessoas riam e os atiravam para cima, como quem quer devolvê-los, mas não queriam, nem nós iríamos querer de volta. As rãs coaxam dentro das barrigas. Os peixes param de se mexer, mas não morrem. Não importa. O melhor de tudo é chover granizo.

O NOME DAS MULHERES

A Eulàlia disse a eles que o bode ficara com a pele da bunda muito, muito fina, como a de uma criança de fralda, de tanto que elas beijaram, e que o membro dele era frio como um pedaço de gelo, e isso me fez rir, rir e rir, e me penduraram por eu rir tanto. E é por causa do riso, como se fosse uma poção embriagadora que tivesse se enfiado em mim, como o leite de bruxa que as eufórbias têm, que me lembro de todas as coisas. Porque o riso, dentro do meu sangue, branco e contagioso como cócegas, que se você quebrasse um braço meu sairia leite branco em vez de sangue vermelho, foi o que me esvaziou. E quanto teriam se poupado das torturas e dos quartos fedendo a xixi, e das cordas esticadas, compridas, compridas, e dos panos de lã cheios de cinzas, e de esperar que eu parasse de rir e confessasse. Confessar o quê? Se o riso era a única coisa boa, era um travesseiro, era como comer uma pera, como enfiar os pés numa poça d'água num dia de verão. Não teria parado de rir nem por todo o ouro do mundo, nem por todo o mal do mundo. O riso me fez soltar dos braços e pernas e mãos que tão fielmente me haviam acompanhado até então, e da pele que eu cobrira e descobrira tantas vezes, e me lavou a dor e a pena pelas coisas que os homens são capazes de fazer com a gente.

Esvaziou-me como uma tonta, de tanto hihihi e hahaha, e a cabeça, que fazia clonque-clonque com o ar que assoviava entrando e saindo pelo nariz e pelas orelhas. E me deixou a cabecinha como uma casca de noz, pronta para guardar nela todas as lendas e todas as histórias e todas as coisas que dissemos que fazíamos e todas as coisas que eles diziam que havíamos feito contra Deus, contra Jesus, contra todos os santos e a Virgem. Que Virgem? Um Deus que é como o pai de cada um, ruim, ruim, ruim, e torturador e cheio de medo como eles, pelas mentiras em que acabam acreditando, de tanto contá-las. Porque não sei se chegou a sobrar algum daqueles que nos acusaram, nem dos que nos prenderam, nem dos que ficaram procurando marcas de bruxa na gente, nem dos que amarraram os nós e esticaram as cordas, aqui por essas montanhas. Porque ficar ou não com alguém não tem nada a ver com o fogo do inferno, nem com o castigo divino, nem com nenhuma fé, nem com nenhuma virtude de nada. Não. Poder colher fungos e cogumelos e fazer xixi e contar histórias e acordar toda manhã tem a ver com os raios que caem sobre essa árvore ou sobre esse homem. Tem a ver com bebês que nascem inteiros e bebês que não, e com aqueles que nascem inteiros, mas por dentro não têm as coisas no lugar. Tem a ver com ser o pássaro que caçou o gavião ou a lebre que caçou o cão, ou não. E a Virgem e o bebê e o demônio eram todos feitos da mesma tolice.

De todas que estamos vivas a Joana é a mais velha. Morava numa casa perto da minha, a Joana, e todo mundo sabia que ela fazia remédios num caldeirão, e um dia ela perguntou se eu queria aprender, se queria sair com ela à noite. E me ensinou a curar febres, e mau-olhado e calombos no pescoço, e males de criança e feridas e doenças de bichos. E a recuperar objetos perdidos e roubados e a botar olho-gordo. Ingênuas que éramos. Se a coisa mais contrária a Deus que fazíamos era acordar toda manhã depois que nos penduraram e ir colher flores e comer amoras.

Ninguém se metia com a Joana e todo mundo ia procurá-la quando uma criança estava para nascer ou alguém aparecia com um calombo no pescoço. Até que uma vez choveu muito granizo, e a Joana tinha um campo de trigo, e nas terras em que caiu granizo não sobrou nada, salvo o trigal da Joana, em que não caiu uma só pedra. Disseram que ela era quem tinha provocado o temporal com alguns pós. E passaram a chamá-la de feiticeira! Então o filho do vizinho, conhecido como Joan Petit, um molequinho de cinco anos que uma vez havia chamado Joana de feiticeira na frente de todos, pegou uma doença nos pés, que ficaram inchados, roxos e pretos, e ele morreu em quatro dias, e todo mundo dizia que a Joana havia posto veneno na sopa dele. E ficavam gritando, prendam essa velha rameira, feiticeira! E prenderam. E logo depois de prendê-la, choveram rãs pequeninas, bem pequeninas, e a Joana dizia a eles que se quisesse ela podia fazer chover granizo, ou fazer cair rãs do céu e matar todos os bichos da criação deles, e então me prenderam também, e a Joana nunca mais abriu a boca. Mas eu, que nada, eu aprendi a rir.

Então apareceu a Eulàlia, que era de Tregurà de Dalt, e lhes contou que, uma vez, tinha ido até Andorra e desenterrara uma criança morta para extrair os bofes e o fígado dela, e que com eles fez um unguento para matar gente e animais de criação. E explicou que sabia fazer uma amarração nos homens para que não se deitassem com outras mulheres, só com as deles. Que fazia seis nós no cordão dos calções deles e, a cada nó, dizia: "Eu te amarro em nome de Deus, de São Pedro e de São Paulo e de toda a corte celestial, e da parte de Belzebu, de Tió e de Cuxol, para que não te unas carnalmente a nenhuma mulher a não ser à tua". E que uma vez amarrara um marido e uma mulher, vizinhos dela, e que eram mesquinhos e lhe atiravam pedras. Fizera a amarração com cabelos da cabeça deles, para que não copulassem mais. E quando o marido não estava ali, a mulher não conseguia viver sem ele, e quando estava presente e queria se aproximar dela, o corpo todo da mulher formigava a ponto de ela achar que estava morrendo, e não podia suportar que se unisse a ela. E ficaram assim quatro anos. Quatro anos! Como eu ri. Então, um dia, um filho do casal que tomava conta das cabras passou com os animais por um terreno baldio da Eulàlia, e a Eulàlia disse a ele, tomara que maus lobos comam os teus animais. E ali mesmo saltou um lobo no meio das cabras e degolou uma delas. E então a prenderam, a Eulàlia também, e quando estava presa ela disse que, uma noite, nós quatro tínhamos tirado um bebê de meses do lado da mãe e levado a um campo, e brincado com ele como se fosse uma bola.

 A Eulàlia era quem contava as melhores histórias, ainda conta agora, melhor que ninguém. Histórias que me fazem rir, rir, rir, até sentir que alguma coisa se solta aqui dentro, mais para dentro ainda que as gotinhas de xixi. Conta histórias, e às vezes aparecemos nas histórias, e é um deleite aparecer nelas. A Eulàlia tem uma vozinha lá dentro, bem lá dentro, que conta as lendas, uma vozinha, a do demônio, que lhe contava as maldades, e o mal que os homens lhe faziam avivava e soltava essa voz como uma língua incapaz de ficar quieta. A vozinha vinha de dentro da cabeça dela mesmo, como uma nascente, que fazia brotar as imagens e as palavras: "Fomos até o bosque, eu, em cima de uma burra preta, e, montada numa raposa, a Dolceta dos Conill — que sou eu!, eu dizia —, e não havia lua no céu e as estrelas quase não reluziam; um galho se desprendeu sobre mim quando eu passava, como uma unha me arranhando o rosto, e eu disse, Jesus!, e caí da burra, e a Dolceta falou que não era para eu dizer Jesus nunca mais. E assim fiz. Fomos até a Roca de la Mort, e íamos com as axilas untadas de um unguento que queima os pelos para sempre, por isso nossas axilas são peladas. Quando chegamos à Roca, todos, homens e mulheres, fizemos cada um uma cruz no chão e baixamos as saias e cada uma botou as nádegas em cima da sua cruz e abjuramos a fé e Deus. Depois, um a um, beijamos o ânus do diabo. E ele, às vezes, assumia a forma de um gato de três cores e, outras vezes, de um bode, e dizia: 'Ficarás comigo, boa infanta?', e respondíamos que sim. Depois comemos queijo e frutas e mel, e tomamos vinho e nos demos as mãos, todos, homens, mulheres e demônios, e nos abraçamos e nos beijamos e dançamos e fornicamos e cantamos, todos juntos".

E a Margarida chorava. Chorava e negava todas as coisas, e chorava e chorava pela injustiça e às vezes berrava, e eu dizia, mulher, não chore, não, Margarida, trancadas na mesma cela escura, as quatro, que não era sequer uma cela, antes guardavam ali a criação. E fazíamos um belo par, eu e a Margarida, porque eu ri que ri, e ela chora que chora, e, às vezes, quanto mais ela chorava, e mais caretas fazia, e mais muco e saliva punha para fora, com a cara toda vermelha e inchada e toda feia, mais eu ria, e então, quanto mais eu ria, mais ela chorava, e eu lhe dizia, mulher, não chore, não, Margarida, e formávamos um belo par. A Margarida negava todas as coisas, uma atrás da outra, e a única coisa que confessou é que arrumava a mesa à noite. Punha a toalha e o pão e o vinho e a comida e a água e um espelho, para que os maus espíritos pudessem se ver ali, comendo e bebendo, e não matassem suas crianças. Mas também podem enforcar você por uma coisinha de nada.

E quando a Eulàlia disse a eles que a Joana era a mestra que criava os fantasmas e os unguentos com que nos untávamos, a que ensinava a fazer as poções da região toda, e a mestra do bode de Biterna e de todas as outras maldades que as bruxas fazem, e que nós três éramos discípulas dela, a Joana não mexeu um fio de cabelo. E não foi com má intenção que ela falou, a Eulàlia, e nem ela guardou rancor, a Joana, porque já estávamos todas perdidas. Falou só porque já tinha a língua desbocada, e eu soltando todo o ar da boca como uma gargalhada, e a Margarida, chora que chora. As quatro em cima do mesmo monte de palha suja, cheia de ratos e pulgas.

A Joana não fala, nem chora, nem nega, nem ri, mas ainda é a mestra e ainda é a mais sábia e quem sempre encontra os melhores fungos e os melhores cogumelos, quem entende mais de ajudar uma mulher a parir. É a primeira a fazer xixi quando encontramos cruzes pelas montanhas e a primeira a esfregar as nádegas nelas. E a primeira a fazer cocô debaixo da árvore onde nos penduraram. Faz um cocô duro e inteiro, bem formado, e sorri como um camundongo enquanto está ali agachada. Também é a primeira que caga se encontramos capelinhas e ermidas escondidas.

As lendas e as histórias que a Eulàlia conta não são todas de bruxas, nem sobre nós. Às vezes, a vozinha dentro dela fala coisas das montanhas e das pedras e dos charcos d'água, e os pássaros cantam canções para ela e as ninfas contam fábulas, e eu a acompanho como uma menina, como um cãozinho, uma ovelha recém-nascida atrás da mãe, que se fosse preciso se atiraria na frente das patas de um cavalo para poder voltar a ouvir suas histórias. Porque ela me faz rir, a Eulàlia.

Era uma vez um rei cristão de Aragão que tinha três filhas lindas como o sol, conta ela. E eis que quando o rei e a rainha começaram a pensar em casar as princesas, ficaram sabendo que as três já namoravam, cada uma, um mouro infiel. Eu gosto dos contos de mouros. Enfurecido, o rei trancou as três filhas numa torre bem alta para que nunca mais pudessem ver seus amantes. Mas, uma noite, as três princesas subornaram os guardas com um belo punhado de moedas de ouro e fugiram da torre, então montaram em três cavalos, cada uma com seu amante mouro, e cavalgaram rumo às montanhas dos Pireneus, longe dos reis cristãos e dos reis mouros. No terceiro dia, o rei foi ver as filhas para convencê-las a desmanchar o namoro com os infiéis e se casar com príncipes cristãos, mas, ao chegar à cela, descobriu a fuga e exclamou:

— Que a maldição de Deus caia sobre elas onde quer que estejam!

O tempo mudou de repente. Uma tempestade de neve e gelo surpreendeu os seis fugitivos a cavalo, e com tamanha veemência que cada uma se abraçou ao seu amante, e ficaram os seis congelados sem conseguir dar mais um passo. E lá estão elas, uma atrás da outra, abraçadas aos seus amores, as três serras das três irmãs, cobertas de neve, diz a Eulàlia, apontando para as montanhas.

Ou então ela conta da encantada que um povo das aldeias capturou, junto com uma toalha branca que tomaram dela. Coitada da encantada. Trancaram-na numa cozinha para que não fugisse. Era uma mulher pequena, que passava o dia inteiro sentada num banco, olhando para fora pela janela e não abria a boca, como se fosse muda e não entendesse a fala humana. Mas, uma tarde, a dona da casa onde ela ficava trancada foi preparar o jantar, acendeu o fogo e pendurou acima das brasas uma caçarola de leite para fazer uma sopa. De repente, enquanto a mulher zanzava por ali, a encantada gritou:

— Corre, corre! O leite branquinho está transbordando!

E quando a dona da casa foi correndo até a caçarola, a encantada aproveitou para saltar do banco e fugir pela porta. Dizem que, pouco antes de desaparecer para sempre, ainda disparou:

— Vocês nunca saberão pra que serve a raiz da azedinha! — E soltou uma risadinha de furão, e até hoje o pessoal da aldeia não sabe para que serve a raiz grossa da azedinha.

A Margarida, às vezes, chora por causa dessas histórias, chora porque um pai transformou as filhas em montanhas, ou chora pelas coisas que nos fizeram, a lã e a cinza e os ferros em brasa e as correntes, e o banco e os pesos nos pés e o sangue vermelho. Chora por ter morrido, como todas as coisas que morrem. Eu lhe digo, Margarida, não chore, mulher. E às vezes também chora se nasce uma criança na gruta, e eu digo, Margarida, não chore, mulher. E depois do temporal também chorou um pouquinho, pelo homem, porque parecia tão bonito à luz do dia, disse ela. Que pena que eles se consumam tão rápido, os homens, e que os outros homens se apeguem aos corpos vazios e os escondam e enterrem para não ver o que irá acontecer com eles também. E chorou quando vieram buscá-lo e o levaram embora, e ele não veio mais nos fazer companhia. E ainda por cima puseram uma cruz ali onde o raio atravessou o homem. Que mania de sujar as montanhas com cruzes. Mas essa era pequena. Às vezes íamos lá e fazíamos xixi, feito cachorro. E às vezes levávamos flores colhidas da terra, lá onde o homem esticara as pernas, levávamos dentes-de-leão, só para fazer graça[1].

---

[1] Em catalão, dente-de-leão (uma planta diurética) é *pixallits*, de *pixa* ("mija") e *llits* ("camas"), daí a graça da escolha. (N.T.)

A TOALHA BRANCA

Meus filhos são como moscas. Onde passam, cagam. Tic, tic, tic. Dá até para você seguir o rastro deles. Cômoda aberta. Uma boa cômoda. Ganhei de presente de noivado, do pai e da tia. É onde guardo as coisas bonitas. As poucas coisas bonitas. Bem guardadas. Dobradinhas e com papel de seda separando. E bolsinhas de alecrim. Uma das gavetas está aberta. E a roupa e os papéis estão revirados e colocados de volta de qualquer jeito. Eu sei, antes de comprovar, pelo volume, que falta a toalha branca. A toalha branca é tão bonita que nem gosto de estender para comer. Eu me inflamo como uma tocha e penso que se estivessem na minha frente agora arrancava as orelhas deles de um puxão.

Ajeito os guardanapos, e o papel e o centro de mesa e fecho a gaveta.

— Onde estão os meninos? — O vovô Ton está sentado no banco, bem quieto. Pois se antes não falava, agora não fala nem se mexe.

— Fora — responde.

— Fora — repito. *Fora* pode ser qualquer lugar daqui até a França. — Quer água? — pergunto, e ele faz que não com a cabeça.

Às vezes, ao ver suas mãos, quando pega um copo e bebe, quando maneja a navalha, quando as põe sobre os joelhos, meu coração fica todo apertado, porque mexe as mãos como o Domènec. Outras vezes, observo o homem velho, tão calado, tão seco, tão triste e desenxabido, que não acredito que seja o pai do Domènec. A boca dele ficou murcha, a do vovô Ton. Como uva-passa. Há homens cujas línguas travam e ficam secas dentro da boca, e não sabem mais abri-la nem para dizer coisas bonitas aos filhos ou coisas bonitas aos netos. E assim as histórias das famílias se perdem, e então já não se sabe mais de nada, a não ser do pão seco que se come hoje, e da chuva que cai hoje e da dor que se sente nos ossos hoje. Tristeza de montanha. Levaram o Domènec embora, essas montanhas. O meu Domènec. Um raio trespassou-o ao meio como se fosse um coelho. Dois meses depois que o Hilari nasceu. E foi sorte, penso eu. Porque, com isso, não passei minha pena para o menino, nem lhe transmiti minhas lágrimas através do sangue, como teria feito se o Domènec tivesse morrido enquanto eu estava prenhe. De repente me saía um filho perturbado, azul por causa do luto. Não. Chorei sozinha. Chorei de uma enfiada só todas as lágrimas que Deus me havia dado. E fiquei seca como um campo ermo. E o Hilari foi o menino sem pai mais feliz do mundo. Os filhos sem pai mais felizes e menos órfãos que já existiram foram os que eu tive. Como se não fizesse falta a eles, um pai. Foi sorte. Mas, às vezes, a gente não quer mais viver. Quando uma mulher tem seu homem atravessado como se fosse um coelho. Quando furam o coração dela com um galho, mas sem matá-la. Aí ela não quer mais viver. Mas então a obrigam a viver. As crianças gritam e a obrigam a viver. O velho tem fome e a reclama. O pessoal do povoado traz feijão e abobrinha só para obrigá-la a viver. E a mulher deixa de ser mulher e se torna uma viúva, uma mãe. Deixa de ser o centro de sua vida, deixa de ser a seiva e o sangue, porque a obrigaram a renunciar a tudo o que queria. Aqui, jogue tudo aqui, todas as coisas que você desejava, aqui, no meio do caminho, nessa margem, as coisas que você pensava. As coisas que você amava. E olha que eram bem escassas, pouca coisa. Esse homem e essa montanha. E fazem a mulher querer uma vida pequena. Uma vida mirrada, como uma pedrinha bonita. Uma vida que caiba no bolso. Uma vida como um anel, uma avelã. Não dizem a ela que é possível escolher coisas que não sejam pequenas. Não contam que as pedras pequenas se perdem. Elas escapam pelo furo de um bolso. Nem que, se a vida for perdida, não dá para escolher outra. Que pedrinha perdida é pedrinha perdida. Livre-se também do coração, aqui, no meio do caminho, entre o barro e o mato. Jogue aqui a alegria. Jogue a alma e os abraços e os beijos e a cama de casal. É o jeito, é o jeito. E agora levante e olhe esta manhã tão magra e tão azul. E desça até a cozinha, enfie a comida dentro da boca e depois enfie a comida na boca dos meninos, e depois na boca do velho, e depois na das vacas e dos bezerros, na boca da porca, das galinhas e da cadela. É o jeito, é o jeito. Até que se esqueça de tudo, de tanta força bruta.

 Não dei peito para o Hilari. Porque meu leite era salgado. E foi com leite aguado de vaca e de farmácia que me saiu um filho como uma flor. Eu pouco regava e podava a flor. O seu preferido tem que ser um filho que sai de você como uma raiz. Amo os meus filhos, apesar de toda essa minha alma manca. Apesar do lastro e do desânimo e da aflição. Mesmo que não existisse, entre as promessas que fiz, ou melhor, que me obrigaram a fazer, a de criá-los sozinha. O que eu queria era um marido, meu marido, e depois, se viessem os filhos, pois bem, que viessem. Mas filhos e mais nada? Por que uma pessoa iria querer isso, filhos e mais nada? Não consegui nem sentir o gosto dele. Melhor se não me tivessem posto o mel na boca, para depois me atravessarem o marido como se fosse um coelho.

Do que primeiro gostei nele foi o cabelo, no meu marido. Depois, dos poemas. E depois, quanto mais ia vendo as outras coisas, mais gostava. As mãos. As pernas. As orelhas. E as rugas no canto dos olhos, como um rabicho. Os ombros. A voz quando falava baixinho, como uma lagartixa que sobe pelas costas: "Que loucura você provoca em mim, Sió, que loucura!", me dizia. Aquele olhar como uma lança, como uma flecha. Aquela cabeça dele, cheia de mistérios, cheia de palavras: "Que olhos mais azuis ou seus, Sió, aí nadam peixinhos".

Eu era bonita, linda. Os olhos mais azuis de Camprodon. E isso, eu também sabia. Era bonita como a mãe, que tinha nascido numa casa que chamavam a casa da Pompa, de tão esplêndidas e lindas que éramos naquela casa, as mulheres todas. E ela se casou com o pai e foram morar no campo porque o pai trabalhava de encarregado na fábrica de biscoitos. Mas eu queria um homem que gostasse da terra e também das ideias. Um homem que entendesse de árvores, de plantas e de bichos. A mãe morreu quando eu nasci, porque tiveram de cortá-la demais, e ela era miudinha. Mas a tia Carme, que era irmã do pai, e o pai diziam, é uma boneca, é uma boneca, de todas, todas, é a mais bonita, e me compravam docinhos de anis, fitas, livros e cordas de pular, e nunca fiquei triste por não ter mãe. A tia me fazia trancinhas e dizia, você vai achar um homem que vai gostar muito de você e você vai gostar dele, e eu perguntava para a tia como seria o tal homem. E tome injetar veneno e mais veneno em minhas veias inocentes. E o pai dizia que não poderia voltar a casar, porque não havia nenhuma mulher tão bonita como a minha mãe. Só você, só você, Sió, princesa. E tome mais veneno em minhas veias. Casinha de bonecas. E vamos ensinar você a costurar, a ler em catalão às escondidas, a cozinhar e a tirar o pó da casa. E como ficou zangado, o Domènec, no primeiro dia em que me fez subir até a granja, porque eu nunca tinha dado de comer a uma vaca. Meu pai trabalhava na fábrica de biscoitos! Jamais havia posto a mão num forcado. Você não sabe fazer nada!, gritava. Quem mandou eu casar com uma moça da cidade e não da montanha?! Zangado que só vendo. Mas você já sabia que eu teria de aprender todas essas coisas de camponês. Quem mandou?!, vociferava. Eu chorava, fazia sete dias que erámos casados, seis deles passados na França.

A tia Carme me falou que não era para eu me preocupar e que aprendesse logo. A toalha branca foi ela quem fez. Fez para o casamento do pai e da mãe. E eu aprendi rápido. A mandar nos bichos e a sujar os sapatos de esterco. Porque o amor faz você aprender as coisas bem rápido. E então morreram meu pai e a tia Carme, na noite em que começou o parto da Mia. De um sono doce, morreram os dois. O braseiro soltou fumaça e dele saiu uma neblina fina, que não dava para enxergar, e preencheu tudo e engoliu o ar, e como dormiam, entrou neles dois como um veneno, e não acordaram mais. Quando Dolors, a dos Prim, a vizinha, mandou a neta Neus chamá-los, não atenderam. E como não respondiam, arrombaram a porta, e ela achou os dois ali, cada um na sua caminha, dormindo como dois esquilos hibernando. E não sabiam se deviam me contar ou não até eu ter parido. E como o parto da Mia demorou, achei até que não conseguiriam tirá-la de dentro de mim. Era uma ratinha, um camundongo, quando nasceu. Então me deixaram em paz durante um dia, como um fantasma, amamentando de olhinhos fechados, com um sorriso de sono e segurando a menina, com os bracinhos como miolo de pão, em cima da barriga desinchada, e o Domènec ali, a toda hora fazendo o sinal da cruz, por causa de tudo. Então eu disse, como é possível, Domènec, você não ter avisado o pai e a tia? A Dolors me contou que eles tinham morrido de uma morte muito doce, e que ela havia se despedido dos dois por mim. E como eu ainda estava zonza por não ter dormido, e por ter uma filha que era minha, nossa, nos braços, achei tudo muito triste e ao mesmo tempo nem tão triste assim. Como se fosse uma troca. Como uma lei da vida. Uns partem para dar lugar aos que estão chegando. E pusemos Maria Carme na menina, como a tia. Eu, que estava de cama, não pude ir ao enterro e demorei meses para descer à cidade, e, quando desci, era como se já fizesse muitos anos que o pai e a tia Carme tinham morrido, igual à mãe. Eu estava muito ocupada com as coisas que aconteciam comigo, o Domènec dizendo que o nosso amor se tornara ainda maior, ainda mais forte, por causa da menininha. Que tinha tomado forma, o amor, dizia ele. Que o nosso amor era um anjo. Um rouxinol. Toda plena, com a magia do leite. Como uma vaca. E a boquinha aberta da Mia, como uma fruta sem dentes que suga e suga, e a primavera que se aproximava do verão, e já fazia um ano que eu era uma mulher, uma mulher de verdade, mulher casada, com todo o direito de se dizer mulher.

Uma mulher que tinha nos braços um homem, e agora também uma criatura, filhinha do amor, como um anjinho do céu. E às vezes penso que tive pouca pena de terem ido embora, o pai e a tia, como se fosse mesmo a hora, como se fosse natural, pensava eu. Porque cabia a mim ser o sangue e a seiva de todas as coisas. Porque o que chegava agora era só a alegria, por um caminho muito largo e muito ensolarado, com árvores de troncos grossos de ambos os lados.

Quando Domènec me conheceu, dizia que eu era bonita como um gamo, como uma gata, como uma leoa da África. Tirava-me para dançar e dizia, não vá me morder, hein! E na hora de ir embora, recitava poemas ao meu ouvido. Poemas que falavam de uma mulher, que era eu. Que falavam de todas as flores e do ciúme. Poemas que construíam um altar onde eu subia brincalhona e feliz, aberta como uma flor. E como dançava bem, o Domènec. Dançava bem, como fazia bem todas as coisas que fazia. Tinha mão boa para os bichos e mão boa para as pessoas. E eu teria me entregado inteira, se ele tivesse pedido. Porque, às vezes, quase não aguentava mais, de tanto ficar com as mãos sobre os joelhos. De tanto guardar a língua dentro da boca. De tão forte que meu coração batia, de tanto medo e tanto desejo que sentia pelas suas mãos. Porque namoramos aos domingos durante quase três anos. Um domingo atrás do outro. Exceto os meses em que ele rapava a cabeça. Ele passava a navalha no cabelo uma vez por ano. E dava para ver seu crânio inteiro, a moleira toda, se bem que eu, enquanto a gente namorava, nunca cheguei a ver. Cortava o cabelo bem rente, como quem poda uma árvore, dizia, porque então nasce de novo mais forte. Revitalizado. Pronto para dar novos galhos e novas frutas. Porque tinha um cabelo muito bonito, o Domènec.

Dourado como o trigo e os bambus. E tinha muito medo de perdê-lo. Então, quando rapava o cabelo, ficava trancado lá em cima em Matavaques, que é o nome da sua casa, da nossa casa, por quase dois meses, para que ninguém o visse, até o cabelo crescer de novo e ficar com um dedo e meio. E, nesses dois meses do ano, eu chorava que chorava, o domingo inteiro. E a tia Carme dizia, que sujeito vaidoso, você também tinha que arrumar um camponês vaidoso? Porque a tia Carme queria um marido para mim que fosse de Ripoll ou de Vic, um comerciante, um farmacêutico ou um encarregado de fábrica, como o pai. Mas ele sempre voltava. Novo e arrumado e carregado de flores e de sorrisos e de poemas sobre a tristeza da solidão, e eu o perdoava. Esquecia toda a dor e toda a raiva, e engolia o fel e as amarguras como se fossem um remédio. Eu, que havia passado os dois últimos meses só imaginando que ele não voltaria mais, e o via agarrado à cintura de outra mulher qualquer, despencado atrás de alguma vaca. Olhava para ele com olhinhos de vidro que, de tão brilhantes, quase trincavam. Examinava-o com os olhos como se fosse uma gata que quisesse devorá-lo, plena e resplandecente, e abria os lábios como quem vai gemer e pedir que estendesse a mão mais embaixo, para me cravar com mais força contra o seu peito, e que aqueles seus braços tão fortes me deleitassem com mais firmeza. E então, num passeio à tarde, falou, eu tinha vinte e cinco anos e meu coração deu um tranco como se fosse um reboque: "Pensei se você gostaria de casar comigo".

Já começo a perceber as armadilhas em que a memória me faz cair. As ciladas que a cabeça arma, que pensa só as coisas boas, que escolhe as maçãs bonitas da travessa e joga fora, como se fossem cascas, como castanhas chochas, as coisas ruins, como se não tivessem acontecido. Não sei o que faz sofrer mais: se é pensar só nas lembranças boas e deixar brotar a nostalgia, tão pontiaguda, e essa ansiedade que nunca é saciada e que embriaga a alma; ou tomar banho nos riachinhos de pensamento que me levam às lembranças tristes, ruins e turvas, e me afogam o coração e me deixam ainda mais órfã, ao pensar que meu homem não era bem o anjo que eu coroo. E que não me amava tanto, como de fato nenhum homem é capaz de amar tanto assim. Meu corpo estava tão pronto. Tão cheio de medo e, ao mesmo tempo, tão cheio de ânsia, tão cheio de amor, que encurralava os temores, como se fossem um punhado de morcegos. Ele falou para eu entrar primeiro. Não fique agarrada em mim, dizia. No hotelzinho de Ceret onde fomos passar a lua de mel. Que as mulheres da recepção não precisam ficar sabendo que somos recém-casados, vão pensar coisas. Vão ficar com risadinhas marotas. Para mim, tanto faz que pensem coisas! Vou te dar um safanão se você não tirar esse sorriso do rosto, dizia. E entrei no quarto, eu primeiro, e esperei bem uma meia hora, e então ele subiu, pois tinha ido ao café, e falou para esperarmos anoitecer para fazer amor. E ficamos esperando sentados. Eu queria falar de coisas, ficar de mãos dadas, queria que vivêssemos juntos o medo, o nervosismo e a emoção, e ele só fumando e quieto, deitado na cama, de roupa, e com um braço em cima do rosto, porque se eu me deitasse ao seu lado, ele se levantava. Então anoiteceu, e não havia vivalma que tenha desejado tanto que anoitecesse. Então ele falou, tire a roupa, e tirei, e falou para eu me enfiar na cama, e enquanto eu tirava a roupa e me enfiava na cama, entrou no banheiro, e esperei outra meia hora. E então veio, vestido. E apagou a luz, e ouvi como tirava a roupa e se enfiava na cama tateando, e me tocou em lugares que nunca ninguém havia me tocado. E me tocou como quem invade a casa de alguém, como se tivessem perdido toda a destreza, as mãos dele, e senti uma dor que não dava medo, mas teria gostado de vê-lo, o seu rosto, que não fosse uma sombra aquilo que me arrebatava os peitos, que me afastava as pernas e se cravava dentro de mim. E eu toda uma manteiga quando podia, isto é, quando não me assustava com suas mãos no escuro, como garras, sua respiração ofegante de bicho, eu como manteiga porque o Domènec gostava de manteiga.

Não falávamos nunca dessas noites, porque ele sentia vergonha delas. Como se quisesse fugir disso e não pudesse. Por isso ele gostava tanto dela, da Mia, porque era um anjinho que tinha saído do nosso barro. Mas eu aprendi. Pouco antes de ficar grávida da Mia, aprendi a ir atrás das cócegas. Aprendi a me colocar de maneira que o seu ir e vir me esfregasse ali onde me incendiava. Meu corpo é um bom corpo. Um corpo que aprende depressa. Um corpo que se acostuma logo e é bom nisso de achar os caminhos. E sabia, meu corpo sabia aproveitar as investidas, fechar os olhos e se concentrar e capturar o prazer assim, do jeito que chega, pequeno e fraquinho, como um fiozinho de água que escorre por um furinho, e socar e socar e fazê-lo crescer, e enfiá-lo dentro do córrego. E eu bem que cuidava de conduzir o prazer como um silêncio. De apertar bem forte os dentes quando explodia dentro do meu peito o cogumelo. De me apurar para fazê-lo crescer e fazê-lo explodir antes que Domènec acabasse. E se antes eu já o amava, depois do prazer, debaixo dos lençóis, quando ele já dormia, eu ali, sozinha, com aquela quentura entre as pernas, aquele turvamento na cabeça, aquela respiração tão tranquila e tão quente perto de mim, amava-o ainda mais. Agarrava-me a ele como se fosse uma árvore, como um bebê se agarra ao peito da mãe.

Oito anos e isso não sara. Não cicatriza essa maldita ausência. Porque me casei com o homem mais bonito destas montanhas. Os cabelos mais lindos do vale do Camprodon se casaram com os olhinhos mais azuis. O Domènec tinha cabelo mais fino que o de qualquer mulher. E quando me tirava para dançar nas festas de Camprodon, todos reparavam. E durante nosso namoro, quando ele descia aos domingos a pé, galhardo e seguro de si, com aquelas pernas, todas as almas de Camprodon me invejavam. E eu quis tudo isso só por causa dele. Esta casa e este frio, estas vacas e os barulhos que estas montanhas fazem à noite. Que veneno enganoso é o amor. Quando o Domènec morreu, fiquei sozinha com duas crianças, a casa e o avô Ton. Com todos esses pesos nas costas que não me deixam morrer. Que me fazem ficar aqui. Esta casa fedida que é impossível deixar limpa. Esse velho, frio como um morto. O fantasma do Domènec. A lembrança como uma lápide, que não passa um dia em que eu não pense nele, um dia em que não o veja, um dia em que não o rememore, um dia em que não sonhe com ele. E as crianças, que não entendem nada, nem param quietas, nem dão sossego. As crianças teriam de dar sossego, teriam de ser um bálsamo, um consolo, uma recompensa.

Voltam quando já escurece. Sempre falo para elas que quero os dois em casa antes de escurecer. Por que raios têm de querer a maldita toalha branca? Pelo amor de Deus. Agarro os dois logo na entrada, cada um por uma orelha, como se tivesse caçado dois ratinhos, e os arrasto em meio aos gritos até diante da cômoda. Como dois filhotes. Que não vale a pena explicar nada a eles. Que é só botar o focinho no estrago e esfregar. Para que entendam. Estrago; castigo. Estrago; castigo. Quando solto os dois, ficam com uma mão na orelha. O Hilari diz que tem medo de que eu lhe arranque as orelhas. Às vezes, dos puxões, até fica uma ferida aberta debaixo do lóbulo. Eu digo para não se preocupar, que elas estão muito bem grudadas. Olham para a cômoda e não abrem a boca. Minha paciência me incendeia como palha.

— Vão levar tanto tapa na bunda que não poderão se sentar por uma semana — ameaço os dois.

— Mãe, a gente não fez nada — diz o Hilari.

— Cadê a toalha branca? — pergunto.

Silêncio.

— Vou perguntar uma última vez — sinto arder as axilas, a nuca, o pescoço e as têmporas. Ficam olhando a cômoda e nada de falar. Como os culpados, como os ladrões e os assassinos.

— As mulheres d'água levaram embora — diz o Hilari, baixinho, com um murmúrio entrecortado e triste de cachorro molhado, de bichano que apanhou. A Mia olha para ele, os olhos arregalados. De surpresa, mas também como quem avisa. Aqueles olhões tão abertos dizem alguma coisa. Que o menino se cale. Que não diga mais nada.

— As mulheres d'água entraram na casa, abriram a cômoda e pegaram a toalha, é isso? — pergunto.

Mudos.

— Hilari?

— A gente deu a toalha para elas — confessa. Fecha os olhos desesperado. Baixa o olhar para os sapatos, abatido.

Mia dá-lhe um cutucão:

— Quieto.

A minha mão quase escapa para dar-lhe um cascudo, mas me seguro e, em vez disso, pergunto entre dentes:

— E onde a toalha está agora?

— Ficou com elas.

— Por que diabos vocês pegaram a toalha? — pergunto, e minhas forças se esvaem junto com a pergunta.

— Porque a gente queria ver as mulheres d'água. O Hilari afunda a cabeça entre os ombros. A Mia me olha como que petrificada. O velho está sentado no banco. E a minha paciência termina.

— Vocês são dois mentirosos, mais que mentirosos! — grito.

E bato nos dois. Pego pelas munhecas e ponho no colo e bato, bato e o Hilari chora e a Mia cerra os dentes. E bato mais forte, cega de raiva e de dó pela toalha, e pelas mentiras, e pela irreverência, e pelo lugar onde foram parar todas as coisas.

Então digo aos dois que acabou descer até o rio, que acabou passar o dia correndo atrás do filho dos gigantes. E acabou tudo, até aparecer de novo a toalha.

— Entenderam bem? — pergunto. E não respondem.

— Entenderam bem?! — repito.

— Sim, mãe.

Mando os dois para a cama sem jantar. E choro.

O choro começa como um animal pequeno. Como uma nuvem solitária, como uma névoa fina no peito. Começa como uma dor branda, como um inchaço lento. Como um mal-estar, um ossinho atravessado na garganta, como uma fileira de pedras no esterno. E cresce pouco a pouco.

Os olhos ficam quentes e úmidos, a fonte jorra e as panelas fervem e transbordam, e já não há mais como parar. A água escapa por baixo de muita pedra e de muita névoa. A toalha atiça a choradeira como se fosse um leque, como um fole, e sopra que sopra. A toalha. A mentira. E a Mia falando, o Hilari, quieto. E a minha mão, batendo, batendo neles. E a solidão. E o velho. E o amor ressequido que não está em lugar nenhum. E choro de raiva do velho que não é meu pai, porque não tenho mais, nem pai, nem mãe, e choro pelas crianças mentirosas, que são meus filhos, pelas crianças que deveriam ser um bálsamo, uma fonte suave, crianças boazinhas que cuidassem e amassem sua mãe.

As trombetas

O chapéu de uma é o chapéu de todas. A carne de uma é a carne de todas. A memória de uma é a memória de todas. A escuridão. Sim, a escuridão. Como um abraço. Deliciosa. Protetora. Acolhedora. Como uma queda. Incipiente. A terra. Como um cobertor, como uma mãe. Negra. Úmida. Somos todas mães, aqui. Somos todas irmãs. Tias. Primas. E então vem a chuva. Relembramos a chuva. Relembramos a chuva em cima da pele, em cima do chapéu escuro das que a recebiam. Hummmm, diziam à chuva. Hummmmm, e a bebiam. Antes. Hummmmm, dizíamos, hummmmm, a chuva. E a bebíamos. Bebíamos a chuva com as trombetas elásticas que tínhamos então. E a bebemos com as trombetas negras de agora. E iremos bebê-la com as bocas firmes, escuras, abertas, que teremos depois. A chuva faz plic, plic, plic. A terra a engole. A chuva faz plic, plic, plic. Nós a engolimos. A chuva vem de lugares e sabe coisas. É gostoso, aqui embaixo. É gostoso, neste bosque. Neste pedaço de terra. Neste pedaço de mundo. A chuva nos desperta, com um despertar fresco e renovado. A chuva nos faz grandes, nos faz crescer. Irmãs! Amigas! Mães! Eu, que sou todas vocês. Bom dia. Boa viagem. Bem-vindas. Bom retorno. E então saímos. Saímos. Saímos como já saímos tantas vezes. Agora.

Agora. Devagar. Devagar, considerando o buraco pequeno, suave, delicado, escuro, que fazemos à terra negra, ao musgo verde. Nossa cabecinha prematura. Diminuta. Devagar, devagar, considerando o deambular do bosque, os milhões e milhões de chuvas que já nos caíram em cima, os milhões de despertares, de cabecinhas, de manhãs, de luzes, de bichos, de dias. Bem-vindas. E relembremos o bosque. Nosso bosque. E relembremos a luz. Nossa luz. E relembremos as árvores. Nossas, cada uma delas. E relembremos o ar, e as folhas, e as formigas. Porque aqui fomos sempre e aqui seremos sempre. Porque não há princípio nem fim. Porque o pé de uma é o pé de todas. O chapéu de uma é o chapéu de todas. Os esporos de uma são os esporos de todas. A história de uma é a história de todas. Porque o bosque é daquelas que não podem morrer. Que não querem morrer. Que não vão morrer porque tudo sabem. Porque tudo transmitem. Tudo o que se tem que saber. Tudo o que se tem que transmitir. Tudo o que é. Trabalho compartilhado. A eternidade, coisa leve. Coisa diária, coisa pequena.

 Veio o javali, a boca escura, dentes afiados, o hálito quente, a língua grande. Veio o javali e nos arrancou. Veio o homem e nos arrancou. Veio o raio e matou o homem. Vieram as mulheres e nos colheram. Vieram as mulheres e nos cozinharam. Vieram as crianças. Vieram os coelhos. E as corças. Vieram mais homens e traziam cestos. Vieram homens e mulheres com bolsas e com navalhas. Não há pesar se não há morte. Não há dor se a dor é compartilhada. Não há dor se a dor é memória, e conhecimento, e vida. Não há dor se você é um cogumelo! Caíram chuvas e ficamos grandes. Foram embora as chuvas e veio a sede. Escondidinhas, escondidinhas, esperando a noite fresca. Vieram os dias secos e desaparecemos. Veio a noite fresca e esperamos mais. Veio a noite úmida, veio o dia úmido, e crescemos. Cheias. Cheias de todas as coisas. Cheias do saber, e de consciência, e dos esporos. Os esporos voam como joaninhas. Os esporos são filhas, mães e irmãs, tudo ao mesmo tempo. Cada esporo é como uma queda. Como uma mãe. Como uma semente. Como uma joaninha. Esporos que conheceram todos os homens, e todos os raios, e todos os javalis e todas as panelas, e os cestos e os coelhos. Os esporos dormem sob a terra escura, úmida. Guardam dentro todos os despertares. Todos os dentes de javali. Todas as mãos de mulher. Guardam dentro os chapéus, e a carne, e a memória. Adormecidos, enrolados, sob a escuridão, buscando o abraço. Fazendo caminhos e fazendo vida, e fazendo fungos e lembranças. A escuridão. Sim, a escuridão como um abraço. Delicioso, terroso, protetor, acolhedor, incipiente. E a chuva. Como uma fonte. Relembramos a chuva. Relembramos a chuva no fundo do início, na escuridão do princípio. Relembramos a chuva sobre o chapéu escuro das que a recebiam. Antes. Hummmm, diziam à chuva. Hummmmm, e a bebiam. Depois. A chuva fria. Hummmmmm, dizíamos, hummmmm. A chuva morna. A chuva que é fina e a que é grossa.

II

O AGUAZIL

Faço tchau para eles com a mão. Em um nadinha, a Cristina vai aparecer com uma granada. Com a primeira granada. Faço tchau com a mão erguida. Cruzam a manhã como se estivessem num campo. Reconheço-os de longe porque os vi crescer, aparecendo e desaparecendo entre os terraços da encosta. Hilari, esticado como um varapau, cabelo comprido, de palha amarela. Como o pai dele. O Jaume, filho dos gigantes, todo ombros, a cabeça pequena, redonda e escura. Entre os vizinhos, homens e camponeses, o cumprimento é um gesto de cabeça seco, sério, respeitável. Mas, para eles, faço tchau com a mão, como se faz com as crianças, com alegria e veemência, andando e com o braço erguido, como se estivesse em cima de um navio ou dando sinal para um ônibus. Tchau, tchau! Despeço-me deles com entusiasmo, como se faz com as crianças, porque, afinal, eles ainda são crianças, raios. Antes, na minha época, aos vinte e poucos, aos vinte e três, vinte e quatro anos, já éramos homens. Mas, agora, agora já não é assim que cresce a juventude. Sorriem. Levantam as espingardas. Os cabelos ao vento. As jaquetas marrons, verdes. Vão sem a Mia e sem a cadela. Penso, onde estará a Mia? As costas retas. Os pés dentro das botas. Tchau, tchau! Faço com a mão, e eles se enfiam dentro da manhã para não sair nunca mais dela.

O Hilari é falante e encheria tudo de palavras se pudesse. Fala tanto que faz crescer orelhas até nas cebolas, e os bichos saem de perto dele de tão cansados de ouvi-lo tagarelar. Mas tem bom coração, e isso ninguém pode negar. Porque até o Rei, que é um vizinho nosso, e olha que tem a alma bem corroída, que podia tranquilamente falar mal do Hilari, como de qualquer outro. Que é delicado, e que desmunheca, e que passa o dia inteiro com aquele gigante. Sabe-se lá o que poderia falar, da tagarelice do rapaz e das suas amizades. Em vez disso, dá cestos e cestos de feijão para ele. Porque já vi os dois, o Hilari perguntando coisas e o Rei respondendo como se não tivesse aquela língua venenosa. Mas bom coração os três têm. A Mia e o Jaume, também. Mas a Mia e o Jaume são mais quietos, mais para dentro, mais tranquilos, e por isso se aproximaram, fazem companhia um ao outro. É um pouco engraçado e bonito de ver, os dois tão tímidos e arredios, gostando-se e procurando-se como dois gatos da mesma ninhada. E o Hilari, que fica rondando os dois como se fosse o mais miador e mais magrinho da gataria. Não sei por que fico olhando tanto para os filhos dos outros, se já tenho duas minhas, duas meninas. Bem, mas é isso, eles têm bom coração e são bons vizinhos e de bom trato, essa molecada da Sió de Matavaques e o Jaume dos gigantes, venha ele de onde vier, ou quem quer que sejam seus pais, ele sempre me cumprimenta e é sempre educado comigo, e diz-me com quem andas e *te diré quién eres*[2]. Porque a Sió é uma mãe-coragem e seus filhos, um pedaço de pão.

---

[2] Essa e outras expressões a seguir estão em castelhano também no original. O bilinguismo é muito disseminado na Catalunha. (N.T.)

Matavaques, a casa da Sió e da Mia e do Hilari — o Domènec e o velho Ton morreram já faz anos —, fica bem abaixo da nossa. No inverno, entre os galhos pelados das árvores, dá para entrever Matavaques e os recintos da horta. E o velho Ton de Matavaques morreu em silêncio como uma vela, do resfriado à bronquite, da bronquite à pneumonia, quietinho e sem falar nada, tchau e bênção. O Domènec, a pobre Sió perdeu-o de repente. Logo que o Hilari nasceu, um raio partiu a cabeça do pai.

Mais abaixo de Matavaques, fica a casa dos Grill, caindo aos pedaços. Agora dizem que os donos, que há anos que não moram mais lá, estão querendo reformá-la e pôr para alugar. Vá saber. É triste que abandonem as casas aqui em cima. O Rei mora mais acima de nós. E acima do Rei já fica a vila. Todos apertados, uns grudados nos outros, os homens e as mulheres que vivem nas vilas. Uns em cima dos outros, e todo mundo discutindo e brigando por causa desse pedaço de terra e daquele outro, por uma bobagem ou outra. Não entendo como o povo consegue viver todo amontoado desse jeito.

Ainda mais acima, fora do povoado, tão lá no alto que nem os contamos mais como sendo da vila nem de lugar nenhum, moram o Jaume dos gigantes e seu pai, viúvo não faz muito tempo, que desce para a aldeia uma vez por ano e olhe lá. Arredio e carrancudo como um gato selvagem, tão arredio e carrancudo quanto sua mulher, porque Deus os cria e *ellos se juntan*. O Jaume e o pai dão uma pernada e já estão quase na França.

Às vezes, imagino as casas como estrelas de uma constelação. As vilas como o leite da Via Láctea. E quando uma casa fica caindo aos pedaços é como se se apagasse um pontinho do firmamento. Em volta da estrada, desenhamos uma bela cauda da Ursa Maior, todos nós. A casa dos Grill embaixo de tudo, Matavaques logo a seguir e a casa dos Prim, que é a nossa casa, onde moramos eu e a Neus e a molecada, e depois, mais acima, a casa do Rei, tão encostada na vila que quase não vale como parte da constelação, e então a vila, que é como uma boa luminária na escuridão.

Quando era moço, chamavam-me de Prim porque casei com a Neus, e que mulher, a Neus!, que era a mais velha, a herdeira dos Prim. Depois largamos a criação e fui trabalhar na prefeitura, e agora todos me chamam de Aguazil[3]. E até que me cai bem, porque de Aguazil a Agustí não muda muita coisa, e porque, com essa minha barriga, me chamarem de Prim parece até piada[4]. E também essa coisa de aguazil tem um pouco de ar senhorial, de cargo importante. E gosto do meu trabalho. Porque é um trabalho em que não há sofrimento. É todo dia o mesmo. Não depende das chuvas, nem das secas, nem de animais que morrem, nem de doenças e diarreias. Meu trabalho como aguazil consiste em organizar tudo o que tenha a ver com a prefeitura, os espaços municipais e as estradas comunitárias, e arrancar e cortar aquelas árvores mortas dali, limpar as margens, manter os caminhos e deixar tudo limpo e bem-arrumado, e eu, isso mesmo, sou um faz-tudo, sou *el hombre para todo*, e gosto de desenvolver ideias e experimentar coisas. A melhor parte do meu trabalho é a dos caminhos. Manter os caminhos arrumados, as margens alinhadas, as árvores

---

[3] Nos antigos órgãos judiciais e de administração civil, aguazil era um cargo público equivalente ao de meirinho ou fiscal de aplicação das leis. A palavra é de origem árabe, e a denominação é usada até hoje em algumas partes da Catalunha (como *agutzil*) e da Espanha em geral (como *alguacil*). (N.T.)

[4] *Prim* em catalão é magro. (N.T.)

podadas, o asfalto inteiro, os sinais bem retos, as trilhas de terra com cascalho...

A Neus trabalha na frutaria, lá embaixo em Camprodon, e em casa sempre temos as melhores mexericas e as melhores laranjas, e no verão, os melhores melões, as melhores cerejas e as melhores ameixas da estação, e uns pêssegos de polpa branca que são de chorar. E temos duas meninas, a Cristina e a Carla. As mais bonitas e espertas de todas.

E, com certeza, agora ressoa o tiro. E o barulho se espalha pelo meio das copas das árvores. É agora, com certeza, que soa, e seu som é logo engolido pela montanha. A montanha com todas as suas camadas de folhas caídas, e de terra úmida, e de troncos, e de copas, e de pedras, e com todos os pássaros de boca aberta, e todos os bichos famintos. E aos meus ouvidos não chega nada de nada. Nem o som débil, rápido, redondo e suave dos tiros dos caçadores na montanha. Nem a sensação de estremecimento dos maus presságios. Nem aqueles poucos pelos eriçados nas costas. Nem o tênue pressentimento de alguma coisa ruim. Com certeza, foi disparado agora, o tiro. E ressoa agora, de uma vez. Mas não chega nada de nada, como se fosse encoberto pelas árvores, de vergonha.

A nossa casa e a casa do Rei, e até a casa dos Grill, olham para o vale, Matavaques não, pois fica um pouco mais protegida. A vila, encarapitada na metade da encosta, por ser uma vila cheia de subidas e descidas, também olha para baixo, e até a igreja olha para as montanhas do outro lado e para o céu amplo. É uma boa vila, cada vez mais despovoada, porque aqui em cima chegamos a ser uns novecentos em outros tempos, e agora somos por volta de uns duzentos. Mas está bem assim, é mais tranquilo. Muitos abandonam a montanha e descem para a cidade, ou vão para outros cantos, e então compram casas vazias aqui em cima para ir esquiar. Ou deixam que caiam aos pedaços. Mas é uma boa vila. Com os seus "estica e puxa", e as suas rinhas, e as suas más digestões. Nada que não aconteça também em outras vilas. O alcaide é um bom sujeito, embora seja daqueles que querem contentar a todos e que concorde com tudo e, na hora da verdade, nada de nada. Mas o povo também é muito invejoso, e nunca dá para agradar a todos. E quando não implicam com um, implicam com outro.

Do que eu gosto mais na vila são as coisas que fazemos todos juntos. Porque mesmo os das casas mais afastadas sobem até a praça, e, por um momento, parece que somos todos amigos. Não temos a grande festa de verão. A nossa grande festa é em outubro, e comemos castanhas. E, no Natal, fazemos as cantorias natalinas, e os três Reis Magos. O rei loiro, eu mesmo. Também a festa da primavera, e o concurso de culinária, em que os vencedores são sempre os mesmos, e nem dá mais gosto de participar, mas eu e a Neus participamos mesmo assim. E, em alguns anos, com sorte, temos cantorias de *habaneras*. Isso no verão. Eu adoro, as *habaneras*. E é cômico que eu goste tanto, pois o mar a mim não diz nada. Que ninguém me tire das minhas montanhas. Não quero saber de terra plana nem de nada. Praia? Não, obrigado. Mas as *habaneras*, ah, sou fascinado por *habaneras*. Esses homens que cantam lugares e paisagens, dores, mulheres e nostalgias, tocam direto a minha alma. Fico com as costas todas arrepiadas e a cabeça cheia de imagens do mar e dos navios, e das terras distantes, e ali, no porto, as amadas. Esse mar das canções, desse eu gosto, sim. Então cantarolo: "Te amo, meu amor, como te amo. Te amo mais que o azul do mar, como o céu cinza ama as gaivotas, como a água, a liberdade!". E lembro as letras, e as que eu não lembro, invento. E canto enquanto arrumo os caminhos e não tem ninguém ouvindo, ou se um dia estou romântico e quero fazer Neus dar risada, também canto alguma para ela, e ela, de brincadeira, me chama de lobo do mar.

Uma vez a Neus me levou a Calella para ouvir *habaneras*, tomar rum queimado[5] e comer sardinhas na brasa. Foi a única vez que gostei de ir à praia. Se bem que me senti bem deslocado, ali, em meio a todos aqueles homens e mulheres do mar, que todos se conheciam. Éramos bem forasteiros ali, peixes fora d'água. Gostei, mas senti um pouco de nostalgia de voltar à montanha, que é a nossa casa, e à nossa vila e à nossa cantoria de *habaneras*. Também é feita de dureza, aquela gente marinheira, ainda que uma dureza de outro tipo.

E quem sabe se o tiro, de repente, ressoa agora, e eu aqui pensando em *habaneras*, e eu aqui cantando sobre amores de marinheiros e sobre água salgada. Ressoa como as coisas ruins que acontecem no mundo, que, se não acontecem com a pessoa, é como se não tivessem acontecido. Crianças. É o que vocês são, duas crianças. Porque a arma tem que ser levada com a trava acionada. Taqueospariu. Que a vida, assim como o mundo e a história e tudo o que acontece, é cheia de coisas ruins que ocorreram quando não cabia, onde não cabia e quando não havia ninguém para impedir.

---

5 O rum queimado é a bebida que acompanha as tradicionais cantorias de *habaneras* na Catalunha. Era o que os marinheiros costumavam tomar de manhã no litoral para se aquecer no inverno, mas o costume se espalhou por todo o litoral e pelo interior da região. É feita de rum, café, açúcar, cascas de limão e especiarias, principalmente canela. Os ingredientes são aquecidos numa panela de barro e depois a preparação é queimada por uns dez minutos, para perder parte do álcool. (N.T.)

Meu pai dizia que ouvia os tiros quando fuzilavam os soldados na montanha. Meu pai ouvia, e eu hoje não ouço nada. Mas ele ficou quieto, de medo. Medo de que tivessem matado o irmão dele. E não adiantou nada.

Era menino, meu pai, quando passou em casa um grupo de soldados republicanos em retirada. Traziam com eles um punhado de soldados nacionalistas presos. Bateram à porta e eles abriram. E não foi pouco o que levaram de salame, e de queijo, e de toucinho. Então disseram ao herdeiro, que era o irmão mais velho do meu pai, que os acompanhasse para lhes mostrar o caminho para a França. E o herdeiro reclamou: "Vocês vão me fazer calçar de novo as alpargatas?". E o fizeram calçar de novo as alpargatas, e, depois de amarrá-las, um soldado disse: "Será a última vez que você põe elas no pé". Ele mostrou-lhes o caminho e não voltou mais. Meu pai ouviu os tiros quando fuzilaram os soldados presos e o irmão dele. E iam fazer o que, com um punhado de soldados do outro bando, quando chegassem à França? Era a última oportunidade que tinham de se vingar, de matar, de derramar sangue inimigo.

E, três dias depois, meu pai contava, passaram os atiradores de Ifni[6]. A família inteira estava escondida e quieta que nem ratinhos. Mas meu pai tinha uma irmã chamada Teresa, e todos a chamavam de Treseta porque não era muito certa da cabeça. Quando os mouros bateram à porta, ela, zangada com os outros soldados que tinham matado o irmão mais velho, pegou uma panela de sopa fervendo que estava no fogo, foi até a janela de cima e despejou em cima

---

[6] Ifni foi uma província espanhola na África, na altura das Ilhas Canárias (hoje parte do Marrocos). Soldados originários dessa província colonial participaram da Guerra Civil Espanhola (1936-1939) em apoio ao exército nacionalista. (N.T.)

deles. Os soldados arrombaram a porta e cortaram o pescoço dela com uma baioneta. Era um homem bem revoltado, meu pai.

Então a Cristina me entra em casa com uma granada na mão.

— Pai, olha só o que eu achei — diz ela.

É a minha filha mais velha e tem catorze anos.

— Mas raios! Onde achou isso?

— No rio.

— E o que você foi fazer no rio?

— Atirar pedras.

Atirar pedras depois da aula. Estrupício.

— Vamos tirar isto de casa, já — digo.

— Não explode, não.

— Como sabe que não explode?

— Porque esvaziei o que tinha dentro e não tem tampa.

— Mas como é que você me traz uma granada para dentro de casa?! — indago.

Saímos. Deixamos a granada no meio do terreiro. Por que trazer uma granada para casa, criatura? Se estas montanhas estão infestadas de pedaços de fuzil, de balas e de granadas. A quantos metros chega a explosão de uma granada? Cinco, seis, sete? Afastamo-nos.

— Não me traga nunca mais esse tipo de coisa! — digo a ela. Sem antever as caixas e caixas de granadas, pistolas, fuzis, balas, morteiros e até pedaços de metralhadora que nos anos seguintes ela vai ficar guardando por toda parte.

— Papai, não tem problema, não.

A mãe que te pariu, santo Deus!

Os camponeses vivem achando armamento e coisas que soldados em retirada deixaram para trás. E sabe o que fazem os camponeses, que são os sábios destas bandas? Sabe o que fazia seu avô e o que eu mesmo fazia ao encontrar alguma coisa dessas? Olhávamos para o outro lado. E se estivesse bem no meio do caminho, cobríamos com uma pedra. Enfiávamos em qualquer buraco de um barranco. Atirávamos em alguma vala mais funda ainda. E pronto. Porque ninguém ia querer que encontrassem aquilo na sua casa. E quanto menos contato com a Guarda Civil, melhor. Cruz credo, moça.

— O que a gente faz, pai? — pergunta. Os dois plantados no meio do terreiro enquanto cai a tarde, a granada no chão, como uma oferenda.

— Pensar — respondo. E quando já pensei o bastante, digo: — Vou levar para a Guarda Civil.

— Eu vou também.

— Não.

— Eu que achei, e quero levar para a Guarda Civil — exclama, com uma convicção tão adulta que eu então pergunto à menina de catorze anos:

— Tem certeza que não explode?

— Está vazia. É uma casca de ferro.

— Não encosta a mão nela! — taqueospariu.

Eu me aproximo da granada de mão, devagar e com as costas úmidas.

— Não tem problema, pai.

A tarde vai caindo e a luz é cada vez mais fria. Já deve ter passado um tempo desde que soou o tiro, e que o Hilari morreu, e que o Jaume o trouxe nas costas.

Pego a granada.

Ela diz de novo:

— Não tem problema.

Satanás. Granada na mão, desço pelo caminho, a pé, desvio à esquerda, a margem fica reta, e temos que nos esquivar dos arbustos de amoreira. Ela me segue. Abro o pastor elétrico. Que coisa mais moderna, isso do pastor elétrico. Moderna, mas pensada para a montanha. O caminho está cheio de bosta de vaca, de pedras grandes e cortantes, com um monte de árvores caídas à direita.

— O que estamos fazendo? — pergunta.

Não respondo.

Atravessamos o córrego, pequeno e pedregoso, e o campo se abre todo largo à nossa frente. Os javalis e toupeiras tinham revirado a terra. A grama é alta. O sol não chega aqui embaixo, e a luz é bem azulada. No final desse campo, fica o rio. Desce pelo fundo do vale e faz um barulho alto. A montanha volta a subir depois do rio.

— Fique aqui — digo.

Avanço quinze metros.

Ergo o braço e atiro a granada. Longe, no meio do campo, que é verde, azul e cinza. Ela cruza o ar toda redonda e enferrujada. E cai no chão, igual uma pedra grande. Sem fazer barulho, de tão macio que é o leito que a acolhe. Nada. Silêncio. Os pássaros continuam com suas coisas. O rio corre, concentrado.

A mocinha diz:

— Viu?

Desata a correr como um cão ao qual atiraram uma pedra, sem afastar a vista do lugar exato onde a viu cair. Logo a encontra. Sinto-me abençoado. E é claro que não explodiu. Mas eu não ia pegar o carro com uma granada e a minha filha mais velha, sem ter comprovado antes.

Retomamos o caminho de casa. Uma hora ela pergunta:

— Eles vão ficar com ela?

Não respondo. A Neus ainda não chegou. Entramos no carro e o sol já se escondeu. Logo mais, o Rei vai encontrar o Jaume todo ensanguentado carregando o corpo morto do Hilari. Nosso carro desliza pela estrada. Conheço bem, como uma canção, as curvas dessa estrada. Quando chegamos a Camprodon, a noite ainda não se fez negra, ainda é azul-escura. Entramos no posto policial onde acabaram de receber o aviso. O Rei ligou dizendo que houve um acidente de caça lá no alto da montanha. Que o Jaume dos gigantes disparou um tiro no Hilari de Matavaques, o Hilari da Sió. O Hilari está morto já faz horas. Foi rápido. O Jaume desceu com ele nos braços lá de cima da montanha.

Estão todos em pé, os guardas civis, quando entramos. Um grupo, de cinco ou seis, sai e pega os carros. Essa delegacia é sempre silenciosa, parada, tranquila, como se meio adormecida e meio abandonada. A bandeira ondulando, estranha, como se tivesse sido costurada em outro lugar. As paredes tristes, lisas, as cercas de cimento e arame farpado para manter todas as coisas fora, as janelas pequenas, como olhos muito sem graça.

— *Qué quieren?* — diz um policial. Tem bigode e cara de quem fumou muito, de quem teve uma infância e juventude longe destas montanhas.

— *Hemos encontrado esto* — digo, e mostro a peça.

— *Ah, esto* — diz, e pega da minha mão. — *Esto no es nada.*

— *Puedo quedármela?* — intervém Cristina.

— *Niña, guárdala, tírala...*

— *Qué ha pasado?* — pergunto, e aponto com a mão a movimentação geral.

— *Nada, un accidente* — diz ele.

E não sinto um pelo sequer arrepiado. Nenhuma intuição, nem de leve. Nenhum tiquinho de medo. Nada. *Un accidente.* Como se os *accidentes* passassem longe. Em outras bandas. Com gente que você não conhece. Como se nunca tivesse que ser hoje, o dia de um acidente. *Nada. Nada. Un accidente.* Tem cheiro de velho. De colônia vencida. De tabaco. De coisa abafada. O homem, com os cantos da boca caídos e brancos, como os bigodes de um siluro[7], volta a dizer: *esto no es nada, claro, chavala, puedes quedártela.*

Ao sairmos, a Cristina diz:

— Pai, preciso de um detector de metais.

— Para que precisa de um detector de metais, menina? — pergunto.

— Para procurar armas de guerra.

— Pode esperar sentada.

---

[7] Siluro é um peixe grande de água doce comum na Europa, frequentemente confundido com o peixe-gato. (N.T.)

A PRIMEIRA CORÇA

Era muito quente, muito escuro e muito apertadinho, dentro. Meu irmão e suas patas compridas, eu e minhas patas compridas, enroladinhos como as larvas debaixo das pedras. E todas as coisas que fazem ruídos, e todas as coisas que têm cheiros e gostos, e todas as coisas que não sabíamos, e as coisas que não conhecíamos nem imaginávamos, trotavam, e saltavam, e se mexiam fora da barriga da nossa mãe. Até que começaram os barulhos. Os gritos da mãe, os bramidos roucos e, depois, agudos. Um atrás do outro. Um atrás do outro, o que significava que estava acontecendo alguma coisa. Significava que era hora. A escuridão já não nos queria mais nela. A barriga da nossa mãe como uma toca não nos queria mais ali. Primeiro meu irmão, depois eu. Primeiro as patas, depois o corpo. Dentro não estávamos molhados. Dentro estávamos no escuro e quentes. Fora estávamos molhados. Os olhos não sabiam olhar, porque nunca haviam olhado nada antes. Tudo era escuro dentro, e não sabiam que serviam para olhar. Fechadinhos e descansando. Fora estávamos molhados, e o ar nos dizia isso, que estávamos molhados. Vocês estão molhados, estão molhados, dizia. E fazia um frio de desamparo. E a mãe vinha com uma língua que era quente como as lembranças. Com uma língua que limpava o medo e o sangue. Com um focinho suave e contundente que nos dizia, para cá, para cá. Para cima, para cima. Para lá. Mas as pernas não sabiam, não sabiam andar, não sabiam se mexer, agora que de repente tinham todo o espaço que quisessem para se esticar. Agora que tinham o senso de levantar você inteiro e levar até os lugares. Porque havia lugares, fora da barriga. Havia lugares. Meu irmão ficou em pé. Havia relva, também. Relva fina. Relva que roçava seu nariz, que roçava os olhos e a barriga. Eu me pus em pé. Havia céu. Que era claro e escuro. E havia noite, que é como dentro da barriga, mas com ar e sem o meu irmão. Havia pedras. Havia leite. Havia cocô. Havia o sol, que é claro e dolorido. Havia todas as coisas. As que têm cheiro. E as que fazem barulho. As que dão medo e as que dão bem-estar.

E uma hora a mãe nos separou, a mim e ao meu irmão. E nos escondeu. Escondido, dá para ouvir todos os barulhos. Eu gosto e me assusto com os barulhos. Eu fico quieto. Fico quieto e escondido quando o sol está no meio do céu. Mas, quando a luz é fresca, experimento as pernas. Quando a mãe chega, e o sol se põe ou ainda não saiu, me mostra as coisas que não dá para ver de dentro do esconderijo e, com o focinho, me diz, para cá, para cá, levanta, levanta, para cima, e eu testo as pernas até lugares ainda mais distantes. Ela me mostra a água que desce, a água que você bebe como o leite, mas fria. Mostra os arbustos deliciosos, e os brotos macios, e os bagos pequenos e gostosos. Mostra os tocos das árvores, e o cheiro do cocô, e o cheiro do xixi e das outras corças, e diz para eu correr, que eu corra muito, que se me vier o medo que eu corra, que se ouvir sons que eu corra. Que eu sou pequeno e bonito, mas que nem todas as coisas deste bosque são boas. Que coisas não são boas?, pergunto. Muitas coisas. Outras corças? Se você ouve um som e não gosta dele. Se você sente um cheiro e não gosta. Então corra, corra, que essas perninhas são para correr muito. E então me põe de novo no esconderijo. Quieto, quieto, diz ela. E ouço o som das abelhas que procuram flores. E ouço o som dos pequenos animais que vivem debaixo da terra. O som dos pássaros que cantam. O som que a água faz quando cai do céu. O som da mãe quando vem. O som de sugar o leite. E então, de repente, ouço o som que mais me amedronta. O som mais terrível, o mais estridente. O som dos passos, alto demais. O som dos gritos, como um berreiro. O som que não vem do bosque, mas de um lugar que não conheço, de um lugar que não sei.

O ruído daqueles bichos se aproximava e eu ouvia como vinham, como chegavam perto, como me descobriam. Fui achado no lugar onde a mãe me escondera. E gritaram. E vieram mais. Não eram como nada que eu já tivesse visto antes. Não eram corças como a mãe, nem como meu irmão, nem como eu. Nem eram abelhas, nem pássaros, nem coelhos, nem texugos, nem aranhas, nem ratos. E então me agarraram com suas patas, que eram peladas e tinham muitos galhos. Eu queria que minha mãe viesse. Eu queria leite. Eu queria que fossem embora e queria sentir os cheiros e os barulhos. Mas me levantaram no ar. Para cima, para fora do meu esconderijo. E eu tinha medo. A mãe havia dito, corra, corra. Mas eu não podia correr, e eles me levaram embora. Levaram embora por um bom pedaço, para lá do bosque, longe como eu nunca tinha ido, tão longe que se me deixassem no chão não saberia voltar. Levaram-me embora e eu estava muito cansado. E estava muito longe. E não tinha corrido e agora estava na mão daqueles que berram.

Puseram-me dentro de um lugar com um ronco. Como um ventre de mãe terrível, como se em vez de fazer você nascer fizesse você morrer. Havia um cheiro doloroso, um cheiro asqueroso, um cheiro malfeito, ali dentro. E fechei os olhos porque não queria ver nada. Nem queria aprender nada daquele lugar feio sem bosque. Sem árvores. Sem folhas. Sem relva, nem mato macio, nem bagos. E trouxeram água, mas a água deles fedia. E eu tinha medo e me enfiei num canto, e pensei que precisava ir embora. Porque encolhidinho, sem esconderijo e sem mãe, vi claramente que iria morrer. E dormi o sono leve dos que vão morrer, e então voltaram aqueles que gritam e mexem em você ainda que você não queira que mexam. Voltavam a toda hora. E traziam mais coisas fedidas. Tinham fedor de cocô, fedor de morte, fediam e fediam. E eu tinha muita fome. E muita tristeza. Eu não olhava nada porque não queria ver nada, mas notava as garras deles me pegando, e então, de repente, abri os olhos e vi árvores lá longe. Dessa vez corri e corri, corri e corri, e ouvia os gritos, e os golpes, e os barulhos, mas eu era mais rápido que os gritos e que as patas dos gritos, e corri e corri em direção às árvores, porque depois das árvores havia mais árvores, e depois das árvores, mais árvores, e depois o bosque.

Quando estava dentro do bosque, longe dos que levam você embora e berram, enchi a boca de brotos frescos e de água viva, e enchi o nariz de todos os cheiros, e os olhos de todas as coisas bonitas, e encontrei um lugar protegido para me enfiar e dormir, e para pensar na minha mãe e no meu irmão. A minha mãe e o meu irmão, que eu já não reencontraria mais por estar muito longe e não saber voltar para o meu esconderijo, de quando nasci e no qual a mãe me escondeu. Era bonito minha mãe ter sido minha mãe. E meu irmão ter sido meu irmão. Mas eu não precisava mais de mãe, nem lembrava muito bem do meu irmão. E logo nem me lembraria da mãe. Porque as corças só precisam de mãe quando nascem e são pequenas, e precisam aprender. E só têm irmãos quando estão dentro da mesma barriga e bebem o mesmo leite. Mas eu já não bebo leite.

Pensei que devia procurar um grupo de corças que não fossem nem mães, nem irmãos de ninguém. Procuraria uma fêmea para me acasalar. O bosque seria minha casa. Cheio de coisas boas, e de coisas comestíveis, e de coisas protetoras, e de coisas bonitas. E procuraria outras corças para ter um pouco menos de medo. Porque o medo tinha se enfiado em mim como uma doença. Tudo me assustava e eu sempre corria. Corria, corria e seguia correndo, e o medo não acabava nunca. E mudava de toca e dormia o sono intranquilo dos que têm medo de morrer. Mas só voltei a ver os animais pelados que gritam e que têm patas como galhos finos muitas, muitas manhãs e muitas tardes depois, quando já havia conhecido fêmeas, quando já havia lutado com machos que haviam arranhado minhas árvores, e tinha defendido o pedaço de bosque que era meu, e tinha vivido com as corças, e visto corças pequenas, as árvores haviam ficado peladas, e o frio crescera, e a comida se escondera e ficara dura e difícil de mastigar, e a água esfriara e ficara branca e dura nas margens dos rios. Estava sozinho, uma manhã, e comia relva fresca e macia que voltava a ser deliciosa, e não queria nenhum macho perto, queria só uma fêmea, os machos eu queria longe, longe, longe, que se fosse preciso eu os mataria. E o ar trazia o cheiro da manhãzinha, que é um cheiro sem gosto, como a água, tão bom que você não sabe explicar, e trazia o ruído dos galhos no alto das árvores e o dos pássaros contentes e cantadores. E de repente o vento virou, como um pescoço, e então senti o cheiro fétido, o cheiro terrível do bicho pelado cravado fundo no âmago do meu medo. E os sons que faziam. Mas, dessa vez, não gritavam, esses não gritavam. E os seus sussurros me fizeram sentir ainda mais agonia. Ergui a cabeça e pus toda a minha espinha reta, eriçada, a postos. Queria saber onde estavam e saber para onde eu tinha de correr, correr para sempre e não parar de correr nunca. Correr como me falara para correr a minha mãe quando nasci. E então, vamos!, comecei como as nuvens, mais rápido!, como as lebres, mais rápido!, o bosque se movia acima de mim, debaixo de mim, o chão trotava, as árvores se afastavam de tão rápido que eu me aproximava. E então ouvi. O barulho. Bang. O estrondo mais terrível que ouvi na vida, o mais ensurdecedor, o mais desgarrador. Como se, depois daquele estampido, todas as coisas fossem morrer. E nunca mais cresceria nenhum broto, nem cantaria nenhum pássaro, nem a água tornaria a molhar nada, nem apareceria nenhum sol. Um barulho como um mal. E pensei que morreria daquele som. Morreria assim como todas as coisas depois do barulho. Eu morreria, porque o som havia escolhido a mim. Adeus, bosque. Adeus, madrugadas. Adeus, pássaros. Adeus, sol. Adeus, corça que sou eu. Adeus, corças que são os outros.

Mas não morri e as pernas continuaram correndo, e correndo e correndo e correndo e correndo e correndo e correndo e correndo.

A CENA

São sublimes, estas montanhas. Primogênitas. De outro mundo. Mitológicas.

Pirene era a filha do rei de Ibéria, Túbal. E Gerião era um gigante, com três corpos de homem unidos pela cintura, que arrebatou o trono a Túbal. Pirene fugiu por essas montanhas e Gerião incendiou todas elas para encurralá-la. Queimou-a viva, e Héracles cobriu seu cadáver com pedras imensas formando uma serra como uma escultura mortuária, do Cantábrico ao cabo de Creus. Estas montanhas são chamadas Pireneus em homenagem a Pirene. É isso o que explica o amigo Verdaguer. Os gregos eram mais animalescos, estavam mais loucos. A mitologia grega conta que Pirene era filha do rei Bébrix e que Héracles, de visita à corte, violou-a e ela deu à luz uma serpente. Então, a princesa fugiu para as montanhas e ali foi devorada pelos bichos. Segundo os gregos, foi o próprio Héracles que, depois de violá-la e engravidá-la, encontrou seu corpo devorado por animais selvagens na montanha e lhe concedeu honras fúnebres, dando seu nome a estas montanhas. Nossa, obrigado, Herácles!

Este é o caminho da retirada. Por onde fugiram os republicanos. Civis e soldados. Para a França. Hoje a manhã está úmida. Respiro bem fundo para que me entre bem dentro dos pulmões este ar tão limpo, tão úmido e tão puro da montanha. Este aroma de terra, e de árvore, e de manhã. Não me estranha que as pessoas aqui de cima sejam mais bondosas, mais autênticas, mais humanas, já que respiram esse ar todos os dias. E bebem água deste rio. E contemplam todo dia a beleza que dói na alma destas montanhas mitológicas.

Decido subir até a vila. Deixei o carro lá embaixo de tudo do vale, por volta das oito da manhã. Comi um sanduíche seco e não tomei nem café. A última vez que andei por aqui, na primavera passada, um camponês disse que estas rochas estão amaldiçoadas e que a cada dez anos morre alguém atravessado por um raio. Falou que o nome dele era Rei, o tal camponês, com uma cara daquelas bem comuns, uma boca sem dentes e uma pele tão seca que você poderia ouvi-la crepitar quando ele esfregava o nariz. Fique esperto para não ser o próximo, dizia. Atravessado por um raio. E ria. As nuvens se acumulavam com aspecto de tempestade. Fique esperto para não ser o próximo. O rei dos doidos.

As paixões aqui em cima também são mais cruas. Mais desnudas. Mais autênticas. Aqui em cima, a vida e a morte, a vida, e a morte, e o instinto, e a violência estão presentes a cada passo. Esquecemos, nós, os outros, a transcendência da vida. Nós, da cidade, vivemos todos diluídos. Mas aqui, aqui se vive cada dia. Quando começa a fazer tempo bom, ainda que seja um tempo bom esmirrado e pouco convincente de primavera, que mal acaba de pôr a cabeça para fora, eu preciso, pelo menos uma vez por mês, subir à montanha. Deixar tudo para trás e, sozinho ou acompanhado, passar um dia no campo. Se um dia me for permitido comprar uma casa, uma casinha, aqui em cima, um sitiozinho, de veraneio, colocaria o nome de Mansão do Gentil[8]. Mas teria de ser uma casa, porque um chalezinho eu nunca compraria.

Aqui em cima, o tempo também tem outra consistência. É como se não passassem da mesma maneira, as horas. Como se não durassem a mesma coisa, os dias, nem tivessem a mesma cor, nem o mesmo sabor. O tempo aqui é feito de outra substância, de outro valor.

Entre as folhas das árvores, infiltra-se um sol amarelo e matinal. Ouço o rio correr contente. E quando saio do caminho úmido e afundado e começo a subir, vejo algumas casas esparsas ao longe, do outro lado da vertente, e as montanhas lá ao fundo, que vá lá saber se já não são da França, e Espinavell no final, e, meu Deus, que paisagens. Que paisagens e que montanhas temos, deveríamos estar muito orgulhosos delas e, às vezes, ali entocados em Barcelona, nos esquecemos disso. Bonitas como o diabo. Deslumbrantes. Aqui, você precisa subir no outono, quando as encostas ficam de todas as cores, vermelho, castanho, cor de focinho de vaca pirenaica, ocre, laranja, grená, e cores que você nunca viu na vida, com um sol que é amarelo como gema de ovo. Como eu adoro passear pela montanha. Como eu adoro. Que emoção. Ver vacas e encostas. E, lá ao fundo, o Canigó. Que lugar. Como enche o coração.

Chego à vila, e a vila é uma preciosidade de cartão-postal. Com essa igreja românica quadrada, maciça e senhorial. O sol já esquenta e eu subo. A igreja fica então à minha direita, as primeiras casas, à esquerda. Há dois cavalos,

---

[8] Gentil é o personagem principal de "Canigó", poema épico de Jacint Verdaguer (1845-1902), sobre lendas pirenaicas. (N.T.)

um marrom e um branco, dentro de um terreno cercado. Logo à entrada. Como se fosse uma aldeia de mil anos atrás. Pego um punhado de relva e me aproximo da cerca para ver se consigo provocá-los, mas não me dão a mínima. Belos. Robustos. Com umas patas valentes e uns pescoços como de touro. Cavalos dos Pireneus, os dois.

O açougue onde quero comprar um pouco de linguiça, linguiça de verdade, da boa, não como da que vendem em Barcelona, fica a poucos metros da igreja. Quando subo à montanha, faço uma provisão. O açougue é um lugar muito autêntico. Bem parado no tempo. Com os balcões de um mármore velho, rosado de tanto sangue. E as lajotas todas de cor ocre. E cheio de cortininhas brancas de crochê. E tudo etiquetado à mão. E uma luminária fluorescente que pisca de vez em quando. E os galões de água pelo chão, e as prateleiras cheias de todas as coisas que você possa imaginar e mais um pouco, todas misturadas, e empoeiradas, e forradas de oleado de xadrez branco e vermelho. Parado no tempo. Os atendentes atrás do balcão são um senhor já velho e uma moça, os dois com um sotaque tão carregado que você precisa se concentrar para entender o que dizem.

Mas o açougue está fechado. Olho as horas. Onze. Como são incríveis essas vilas, com essa tranquilidade, essa parcimônia com que encaram o trabalho e a vida. Admiro isso. Ah, se tudo fosse assim. Vou até a padaria. Uma rua e meia adiante. Tudo à mão. As ruas sem sol são úmidas. Os paralelepípedos brilham, escuros. A padaria também está fechada. Volto a olhar o relógio. Onze e cinco. Agora sim é que não entendo nada. Viro-me e abordo duas senhoras. Todas de preto. Velhas, bem velhas, como de um conto. Cabelo branco ralo e penteado. Rostos enrugados com manchas e verrugas, e umas bocas de lábios roxos e sem viço.

— Que acontece que está tudo fechado hoje? — pergunto a elas.

Uma delas vira e me olha com desdém. Examina-me de cima a baixo. Sustenta o olhar e responde:

— Estamos indo a um enterro.

— O pessoal do açougue e da padaria também está lá?

A mulher gira a cabeça e não responde. Sua acompanhante, menos carregada de maldade, diz:

— Mataram o Hilari de Matavaques. Foi morto pelo filho dos gigantes, no bosque. Estavam caçando, houve um acidente, e o Hilari morreu — explica ela. — O Hilari de Matavaques morreu. Como o pai. Tinha só vinte anos. Uma desgraça.

Não entendo nada.

— Um acidente de caça?

Elas voltam a andar e a outra, sem se virar, responde:

— É.

Deixam-me plantado em frente à padaria. Não há nenhum bilhete na porta. Nem uma nota fúnebre sequer. Nada. Onze e quinze. Açougue e padaria são os dois únicos comércios da vila. Se no açougue você compra de tudo, leite e sucos, e até macarrão, e arroz, e vinho, na padaria a variedade é ainda maior, vendem até detergente para lavar louça, e esponjas e esfregões.

Vou em direção ao bar. Penso em tomar um café e comer um croissant, meio que para me livrar da fome e da má sorte. Penso, ai, ai, ai, o bar com certeza vai estar fechado também. Merda. O bar está fechado. Ai, ai, ai, santo Deus. Come-se bem ali. Fazem um café horroroso. Isso é verdade, aqui em cima ninguém sabe fazer café. Os donos moram em cima. Toco a campainha. Nada. Vai ver também estão na igreja. Toco a campainha de novo. O som ressoa estridente. A porta da casa, bem ao lado da porta metálica do bar, é de madeira vermelha e tem vidros cobertos com franjinhas e desenhos de jarros e plantas. Ouço ruído de portas batendo. E entrevejo, pelo vidro branco e opaco, que alguém desce. Que bom, penso. Abre a porta um homem muito velho. De alpargatas. A barba branca e curta, as bochechas caídas, o nariz grande e protuberante e um olho de vidro. Um olho de vidro opaco, amarelo e feio, que de tão malfeito parece de plástico.

Diz:

— O que você quer?

Fito o seu olho de vidro:

— Bom dia.

Não responde.

Penso que teria de me dirigir ao seu olho bom. Mudo o foco. Esse outro olho é um olho de peixe, molhado.

— Vocês vão abrir hoje em algum momento? Estou de passagem e vi que está tudo fechado.

Volto a olhar para o seu olho de mentira. Fica mais saltado que o outro e parece de brincadeira. Não responde.

— Gostaria de comer alguma coisa ou tomar um café.

Silêncio.

— Pensei que se o senhor não for abrir hoje, talvez pudesse me vender um filão de pão, que tal? Qualquer coisa para não passar fome, porque deixei o carro lá embaixo, a umas boas duas horas a pé.

Dirijo-me ao seu olho bom para tentar ganhar sua simpatia.

— Não.

— Qualquer coisa.

— Não — reforça, mais alto, só vou abrir amanhã!

— Mas, meu senhor, um filão de pão, que amanhã vai estar duro.

— Não — repete. — Fora.

Ele disse, fora! E fechou a porta. Fechou a porta! Bateu a porta na minha cara. É para se zangar. Onde fica a bondade humana? A solidariedade? A generosidade? Pelo amor de Deus. Que loucura. Que rabugice. Volto atrás. Fosse a qualquer vizinho da vila, ele teria vendido, ele teria dado. Tratou-me como um estrangeiro, um forasteiro. Como fizeram as duas velhas. Volto atrás. Passo pelo açougue fechado. Nem um bilhete. Nem uma nota fúnebre. Estou transtornado. No final da rua, em frente à igreja, há gente. Muita gente. Os vizinhos, todos de preto. Quando passo por ali, trazem o caixão do morto. A luz é bem amarela. E, juntando tudo, a igreja, os velhos, o caixão escuro, a coroa de flores, os dois cavalos no terreno, as montanhas atrás, juntando tudo parece ainda mais um cartão-postal. É lindo. Se fosse pintor, viria aqui para cima e pintaria esse tipo de quadro. Cenas rurais. Os velhos e as velhas, as boinas, os lenços na cabeça. O sol batendo na igreja, sobre o caixão de madeira. O campanário. É tão bonito que minha raiva vai embora. Tão pitoresco. E olha que estou com fome, e olha que ele me tratou bem mal, aquele velho caolho, mas a beleza me venceu. A vida e a morte. Imaginei-o de cabelo comprido, como o Gentil, o tal caçador que foi morto. Os vizinhos passam ao meu lado, lá na frente de tudo vai o caixão. E é bem trágica a vida aqui em cima. E fico um tempo assim, encantado, olhando a cena.

A POESIA

Este poema eu compus para um bom amigo.

    Eu olho tudo; os caminhos e as árvores, o céu e o sol, as manhãs e as noites, as pedras e as urtigas, as bostas de vaca e os cumes, e as rochas e as fumaças ao longe e as trilhas de javali... tudo, e vou compondo rimas. Trago a poesia no sangue, eu. E conservo todos os poemas dentro da memória como num gaveteiro bem-arrumado. Sou uma jarra cheia d'água. De água simples como a dos riachos e das fontes. Inclino-me e derramo um jorro de versos. E nunca ponho no papel. Para não matá-los. Porque o papel é água doce do rio que se perde no mar. É o lugar onde fracassam todas as coisas. A poesia tem que ser livre como um rouxinol. Como uma manhã. Como o ar suave do entardecer. Que vai para a França. Ou não. Ou aonde quiser. E também porque não tenho papel nem lápis.

POEMA PARA JAUME

Como a casca de um ovo, o ruído foi branco.
Os cabelos, diante do rosto, me cobriam,
como cortinas, como folhas e galhos,
as árvores, o animal, as mãos de Jaume.
A luz feria, Jaume chorava.
A corça corria ligeira como o ar.
Não chore, Jaume, vamos buscá-lo,
não chore, Jaume, não está doendo.

Como um saco de batatas, como um menino,
como uma corça morta, sobre os teus ombros.
Eu não queria te deixar triste, tão sozinho, Jaume,
eu não queria te deixar sozinho, tão triste, Jaume.

Depois de recitar um poema, sempre deixo passar um tempo. Depois que reverberam as palavras, depois de a minha voz ter tocado todas as coisas e ter preenchido todo o espaço entre os utensílios, faço silêncio. Para separar o poema do resto. E ouço. O poeta diz. O poeta declama. Mas o poeta também ouve. Algum pássaro. O ar que volta a ser amo e senhor do espaço entre as folhas. O assovio fino que faz o mundo, no fundo de todas as orelhas...

Este poema eu compus para mim:

POEMA PARA MIM, O HILARI

Eu canto à lua quando está cheia,
presa redonda da noite amável,
gata prenhe.
Canto ao rio gelado,
companheiro da alma,
como uma veia, como uma lágrima.
Canto ao bosque atento,
repleto de peixes, lebres, cogumelos.
Canto aos dias magnânimos,
à brisa de verão, à brisa de inverno,
às manhãs, aos fins de tarde,
à chuva pequena, à chuva zangada.
Canto à vertente, ao cume, ao prado,
às urtigas, à roseira estéril, ao matagal.
Canto como quem cultiva uma horta,
como quem faz uma mesa,
como quem ergue uma casa,
como quem escala um monte,
como quem come uma noz,
como quem acende uma brasa.
Como Deus criando os animais e as plantas.
Canto eu e a montanha dança.

A poesia tem tudo. A poesia tem a beleza, tem a pureza, tem a música, tem as imagens, tem a palavra dita, tem a liberdade e tem a capacidade de comover, e de deixar você entrever o infinito. O que está além. O infinito que não está na Terra nem no Céu. O infinito dentro de cada um. Como uma janela bem no alto da cabeça, que não sabíamos possuir, e que a voz do poeta abre um pouco, um pouquinho, e lá em cima, por aquela fresta, desponta o infinito.

Este poema eu compus para a minha irmã, Mia. Porque, um dia, não voltamos mais a nos ver:

POEMA PARA A MIA

Serei o adubo da tua horta,
o tomateiro, a tesourinha,
a escarola, as ervas daninhas.
O meu coração, Mia, é uma pedra.
Vou me desfazer aos poucos,
como a manteiga; ancinho na mão,
irás me misturar à terra.
O meu coração, Mia, é uma pedra.
Uma rocha redonda como uma dor,
um punho pequeno como um amor.
Que não se molha, que não se quebra,
O meu coração, Mia, é uma pedra.
A casa, a mãe, as mulheres e os homens,
o carro, a cadela, a tevê, os domingos
deslizam como um rio, pelas minhas costas.
O meu coração, Mia, é uma pedra.
Mas tenho um peso no peito, a lembrança de uma pedreira,
pena dura, poema triste.
Irmã da tua,
o meu coração, Mia, é uma pedra.

É um dos poemas dos quais mais me orgulho, este último. Não é um poema triste. Que ninguém se engane. É um poema melancólico. Porque, às vezes, a beleza nos deixa sem fôlego. Eu não sinto muitas tristezas nem melancolias, mas a tristeza e a melancolia, como a beleza, são importantes para a poesia. Essas coisas, aprendi sozinho. A importância da melancolia no peso de um poema. Ou as cores das palavras e dos versos. Sou principalmente um poeta autodidata, eu. Um enfebrecido. Um poeta que tateia. E tenho orgulho disso. Não sinto falta do peso da tradição que carregam os que leram e estudaram. Mesmo que não fique bem dizer isso. Em outra vida, li um pouco de Verdaguer e um pouco de Papasseit. E só. Dentro do livro do Verdaguer, o *Canigó*, que minha mãe guardava na cômoda,

E para cima, e mais para cima ainda, até ver o rosto do criador!

havia uma passagem que dizia:

Quero-te,
Campônio e poeta.
Toma este livro
que celebra nossa união.

No livro do Papasseit, *O poema da rosa nos lábios*, e que minha mãe guardava na mesma cômoda,

Nada é mesquinho, e nenhuma hora é arredia, nem é escura a ventura da noite!

havia também uma passagem:

Meus lábios são uma rosa
que se abre ao teu beijo.

As duas tinham a assinatura:

A tua Sió

E eram datadas:

21 de maio de 1964

data em que meus pais, Domènec e Sió, se uniram em sagrado matrimônio. Minha mãe guardava a poesia na cômoda. Eu não tenho lembrança do meu pai. Minha mãe dizia que era um camponês poeta. Perguntei a ela se tínhamos algum dos seus poemas. Ela disse que ele não os escrevia, que os recitava em voz alta. E então perguntei se ela se lembrava de algum poema. E ela disse que não.

Naquela hora, fiquei zangado. Com a falta de memória e a negligência da minha mãe.

Mas agora penso que é justamente isso que torna os poemas do meu pai mais puros, melhores, mais poéticos, absolutamente transcendentais, poemas muito melhores.

Como os meus.

Estes dois poemas eu escrevi para os meus pais.

Deixo espaço para respirar.

POEMA PARA MINHA MÃE

Venha, mãe, que seremos boa companhia,
como as telhas da nossa casa,
como as árvores da nossa casa,
como Jesus e José e a mãe de Deus.

Venha, mãe, para falarmos
das coisas que acontecem no bosque, à noite,
das coisas que acontecem no coração, à noite,
e dos raios que calcinam o céu, e os maridos.
Venha, mãe, para cantarmos
melodias para adormecer os prantos,
toadas para consolar os êxtases,
canções para fazer dançar os mortos.

A inspiração, boa companheira!, vem de tempos distantes, e também das coisas próximas. A pessoa se lembra de quando era pequena, ou do dia em que morreu, ou de todas as manhãs que vieram depois, ou pensa em sua mãe, ou contempla as coisas que tem adiante, a noite e as pedras, e a inspiração chega e enche as bochechas e o nariz de uma alegria de vinho doce.

Eu, muitas vezes, componho pensando em pessoas. Penso em alguém da minha vida de antes ou da minha vida de agora e lhe dedico um poema. O som dos aplausos amigos é cálido, agradável. As mãozinhas da Palomita, que som, se de nozes, se de música, elas fazem. Gosto de escrever pensando em pessoas porque é como um presente. Porque a voz do poeta conclama. Conclama as pessoas queridas e os tempos passados e os tempos futuros. E aqueles que o poeta nomeia se reúnem e fazem uma roda enquanto dura o som da voz, como uma fogueira que é intensa e esquenta e queima, mas que também se apaga quando chega a hora.

Esse é o poema para o meu pai, que mencionei:

POEMA PARA O HOMEM-LEBRE

Dormes no raso, como as lebres
sem casa, sem gruta, sem toca,
por manta, a intempérie,
por coberta, um matagal.
Coração apertado cheio de medo
nunca fechas de vez os olhos,
escondido entre as sombras
saltas, foges, morres de medo.
Como uma larva, uma praga,
o pavor te invadiu.
Engoliu tuas palavras,
as memórias, teus dois filhos.

Nunca os explico, os meus poemas.

O próximo escrevi para a corça que nos escapou no dia em que o Jaume me matou sem querer:

POEMA PARA A CORÇA QUE FUGIU

Corre, voa, corça,
que virá o caçador.
Pelo furo que fará o tiro
entrará a dor,
fugirá a sede.
Corre, voa, corça,
que ele arrancará teus chifres,
e quando fechares os olhos,
irá esviscerar teu ventre
e recheá-lo de palha.
Corre, voa, corça,
que bem longe há prados mais verdes,
e fêmeas, e água clara,
tardes amarelas,
manhãs mais frescas.

Gosto muito desta última estrofe.

E do poema para a minha mãe, gosto muito dos versos que dizem:

Venha, mãe, para falarmos
das coisas que acontecem no bosque, à noite,
das coisas que acontecem no coração, à noite,

Este poema que vem agora é, sem qualquer dúvida, o poema que merece o mais demorado aplauso da história da poesia catalã:

POEMA PARA A DOLCETA, A MARGARIDA, A EULÀLIA E A JOANA

Este poema é para dizer,
mulheres amigas,
de dedos compridos
como gomos de laranja:
muito obrigado
pelas amoras
que nos deram ontem à noite.
Eram boas e pretas e doces
e as comemos com deleite.

Às vezes, canto os meus poemas. De brincadeira, para experimentar. A poesia é jogo, também. O poeta precisa ser brincalhão. A poesia é um assunto sério, dos mais sérios que há. Mais sério que a morte, que a vida e que tudo. Um assunto profundo e vital. E, por isso mesmo, é preciso saber brincar, e saber rir, e entender de ironia.

Esta canção eu compus para a minha amada Palomita. E há tanto ritmo dentro do próprio poema, que você canta a canção mesmo que não queira. Eu a canto fazendo vozes diferentes, e caretas, e a Palomita ri que ri, e bate as mãozinhas, e diz mais, mais, mais!, e nunca se cansa de me ouvir cantar sua canção:

POEMA PARA A POMBINHA ALEGRE

Eu tenho uma pombinha
que é bonita como o sol,
machucou uma perninha
e tem um coque em caracol.

A pombinha sabe coisas
De terras de muito além
De dia sorri e canta
De noite, seu medo vem.

E sonha com falangistas,
e padrecos e soldados,
Fique calma, passarinha,
pois já foram dispensados.

Eu tenho uma pombinha,
que é alegre como o pão,
que me chama de *hermanito*
e sou pra ela como irmão.

O IRMÃOZINHO DE TODOS[9]

Quando a bomba caiu, cortou minha perna. Zás!

Zás! Não. Havia sangue e carne, e cheirava como pelos de porco queimados, e os médicos tiveram de me cortar a perna.

Eu queria um irmão mais velho e só tinha dois irmãos menores, que eram como pardais assustados, e eu os abraçava e dizia que não deviam chorar.

Eu não choro, porque gosto do bosque e da montanha e de tudo que há neles. E gosto do meu irmão mais velho. *Germà*, eu o chamo, *germà, hermanito*, Hilari, e como não pode me pegar pela mão, porque preciso das mãos para segurar as muletas, põe a palma dele na minha nuca. Como se eu fosse um jarro.

Quando a bomba caiu, mamãe morreu, e Rosalía, que era nossa vizinha, também morreu, e a bomba me cortou a perna e cortou o pé do meu irmão, Juan. Mamãe, Rosalía e a tia Juani avisaram que os aviões vinham chegando. Eram italianos. Disseram que era para correr muito, muito. Que precisávamos ir até os campos, os olivais. Quando

---

9 Este livro foi escrito em catalão, mas a autora criou este capítulo em castelhano. (N.T.)

saímos das casas, os aviões estavam chegando. Corremos muito, muito, e a bomba nos pegou no campo de futebol. Corríamos e corríamos, e, de repente, mamãe gritou que deitássemos de bruços, e dizia, cubram a cabeça com as mãos! Dava para ouvir as bombas caindo nos telhados. E tudo era branco e tudo estava quieto, e o apito dentro dos ouvidos era muito forte, porque tinham jogado uma bomba sobre nós. Mirando bem. Tia Juani não era nossa tia, mas todo mundo a chamava de tia. Quando mamãe e Rosalía morreram no hospital, papai não falou nada, e depois nos levaram para Lérida, e depois para Barcelona e depois, quando Juan e eu saímos do hospital, cada um com suas muletas, fomos para La Garriga.

Gosto do meu irmão mais velho porque sabe a resposta de muitas perguntas, e porque sabe poemas. Gosto do bosque porque não dá medo. Porque é alegre. Porque não vêm soldados aqui, porque não há soldados, nem irmãos menores que ficam chorando sem que você consiga convencê-los a parar. Que ficam falando, vamos para casa, por favor, por favor, vamos pra casa. Nem pais tristes. Só meu irmão mais velho, o Hilari, meu *germà*, que é o *germà* de todos, de todos os que queiram ser seus irmãos. Eu quero. Embora, às vezes, sinta falta do Juan e do Pedro, que são meus irmãos menores, como pardais que choram, pardal com uma pata ruim, e gostaria que viessem brincar no bosque, tomar banho de rio, e conhecessem nosso irmão, e que ele lhes dissesse que nada de ruim iria acontecer.

Se a pessoa pensa nas coisas da guerra, fica triste. Os nossos derrubaram todas as pontes para que os nacionalistas não pudessem chegar com os carros de guerra, e para podermos fugir que nem formiguinhas, mesmo as meninas de muletas, e os meninos de muletas. La Garriga era uma aldeia muito triste. Quando meu pai trabalhava na fábrica de açúcar, ele cheirava a caramelo, e quando trabalhou de vigia em La Garriga, cheirava a sofrimento.

Então subimos nos caminhões. Rumo à França. E depois já não dava mais para seguir de caminhão porque estava tudo tomado de coisas, e carros, e malas, até carros abandonados. Gostei da montanha. Fazia muito frio. Gostei mais do que tudo o que tínhamos visto, mais que da nossa vila, e de Barcelona, e de Lérida, e de La Garriga. Gostei porque se você olhava as árvores, e a neve, e os cumes, conseguia esquecer a guerra, e a choradeira dos irmãos menores, que nem pardais, e o medo, e todo o resto. Como se a neve fosse alvejante. Limpa, limpa. Mas uma menina não tem que ficar triste. Eu nunca choro. Só às vezes, eu sonho e então choro. Mas não é culpa minha. É como sonhar e fazer xixi na cama. Quando acordo dos sonhos em que eu choro, fico encolhida como uma pomba para o meu irmãozinho cantar para mim a canção da pombinha, que sou eu.

Temos uma casinha que é como um buraco redondo dentro de uma encosta, meu irmão e eu. É como um dente, nossa casa, como um dente pontiagudo que sobressai entre as árvores e os matagais. Dormimos no coração da casinha, que é como uma toca, como uma cama. E se subimos no telhado, vemos o vale lá embaixo, com todas as árvores de mãos dadas como a lã de uma malha, e as montanhas irmãs no alto, e o rio, que não dá para ver, mas dá para ouvir, e às vezes vemos a lua desde o telhado, que não é um telhado, é uma rocha pontiaguda. Eu chamo de casinha a nossa casa. As senhoras a chamam de Roca de la Mort, que quer dizer Rocha da Morte. Um dia, perguntei ao meu irmão mais velho:

— Por que nossa casa se chama Roca de la Mort?
Ele disse:
— Por que você se chama Eva?
E eu encolhi os ombros porque nunca ninguém havia me dito isso. Minha mãe se chamava Elena, meu pai se chamava Israel.

Meu irmãozinho mais velho disse que a pessoa nunca escolhe seu próprio nome. Que é Roca de la Mort porque as pessoas a chamam assim. Também se chama casinha se você a chamar desse jeito. As coisas se chamam como as pessoas as chamam.

Eu disse a ele:
— Se a casa é só nossa, só você e eu podemos chamar de casinha.
— Sim — disse ele —, existem nomes que só alguns podem usar.

Como *hermanito*.

Quando chegamos ao *coll* — *coll* é passagem de montanha e fica lá em cima, longe do nosso pedacinho de bosque e da nossa casinha —, tivemos que esperar três dias para eles abrirem a fronteira. Eu nunca tinha visto uma fronteira. Esperar era mais cansativo que andar.

Depois disseram ao papai que, no primeiro povoado francês, iam separar as crianças dos pais, e então nos escondemos. Dormimos num curral duas noites. Como galinhas. Como ovelhinhas. No meio da palha. E tinha cheiro de esterco, mas era um cheiro bom. De comida. No curral, meus irmãos, que nem pardais, choravam e choravam porque queriam voltar para casa, por favor, papai, por favor, diziam. E nevou. E então veio um senhor francês que andava sem um pé, como o Juan. Veio para nos ajudar. E nos levou à escola. Escola de um povoado francês. Mas nessa escola francesa já não tinha mais aula, era só para dormir e esperar. A França era um país muito triste. E então papai e eu ficamos bem ruinzinhos e nos levaram de novo ao hospital. Em papai e em mim, o frio se instalou no peito, como se nevasse no coração. E quando me curei e despertei, porque morrer, às vezes, é curar-se, voltei à montanha. Meu pai, quando morreu, estava tão triste que ficou no hospital. Era um hospital para gente triste. E o avô Nono e a avó Nona vieram buscar o Juan e o Pedro, porque então eram órfãos, e nos levaram de volta à vila, como eles queriam.

Voltei sozinha ao bosque porque era um bosque tranquilo e alegre, numa montanha alegre, para uma pombinha alegre. Cheguei e tudo tinha um cheiro muito forte. E os animais zumbiam muito alto. Por todo lado, fiuuu, fiuuu, abelhas e abelhões, e abelhões ainda maiores, e moscas e besouros, e mosquitos, uma festa. E a relva era verde e amarela, e as flores eram brancas, e lilás, e azuis, e cor de rosa. E o céu era de um azul muito intenso. E o rio era muito frio. Enquanto fugíamos, quase nem dava para ver o rio. Como se ele também tivesse medo e se escondesse, e só se ouvia seu murmúrio, como um sussurro assustado. Mas se você o encontrasse uma vez, e o visse uma vez, pronto. Era seu. Eu tomava e ainda tomo banho todos os dias no rio, porque aquela água tão fria se enfia como facas e o coração fica contente. Tomo banho todo dia, e a água, a cada dia, é de um jeito. Às vezes, as facas são maiores. Outras vezes, mais fininhas. E brinco com as sanguessugas e com as rãzinhas, tão, tão, tão pequeninas, e com os girinos e as rêmoras. Não tinha rio no meu povoado. Meu povoado era muito triste. E eu me seco ao sol. E, às vezes, os peixes voam. E, às vezes, vêm as senhoras tomar banho e me dão mirtilos. São simpáticas, as senhoras. Quando me veem, fazem psssss, pssssss, como se eu fosse um bichinho. E eu faço miaaau, miaaau, e elas dão risada; piuuu, piuuuu, buup, buup, e aplaudem e me afagam o cabelo e me afagam o cotoco da perna. São divertidas e alegres, as senhoras, mas eu não queria morar com elas, queria viver sozinha e tomar banho no rio todo dia. E caçar trutas. Com as mãos azuis e quietas. E, de repente, pam!, truta fora. Deliciosa truta do rio alegre. E lançar barquinhos ao mar! Barquinhos de troncos pequenos e relva, rio abaixo, saltando as pedras e as corredeiras. E eu vou seguindo-os pela margem, mas nunca até o povoado da ponte bonita. Perguntei a um senhor de bigode, no povoado, quem havia construído o rio, e ele disse que tinha sido Deus. Depois perguntei ao senhor quem havia construído a ponte, e ele disse o *diable*. *Diable* é diabo. E eu lhe disse, que pontes mais lindas o *diable* faz. O diabo deveria fazer todas as pontes da Espanha. Reconstruir todas as pontes que eles derrubaram. E ele me olhou muito triste, como quem diz "cale a boca, menina", mas não falou nada. Os barquinhos sempre ganham de mim porque, com as muletas, corro muito devagar. Agora, só tenho um sapato e uma meia. Antes, tinha dois.

Eu sou a única que voltou para o bosque. Sempre há pessoas passando pelo caminhozinho por onde fugimos. Todo dia, no mesmo trechinho. Com as coisas às costas, o rosto sério. E uma vez eu disse que viessem tomar banho no rio, que na montanha não tem guerra, que as guerras terminam, mas as montanhas não terminam nunca, que a montanha é mais velha que a guerra, e mais sábia que a guerra, que se você está morto não podem voltar a matá-lo. Mas não quiseram tomar banho. Meu irmão os chama de republicanos. Os republicanos são como eu.

Um dia, quando cheguei ao rio, meu irmão estava tomando banho. Mas eu nunca o havia visto antes. Há dois poços no rio que são meus. Um está perto, o outro, longe. O primeiro fica sempre na sombra. Mas é fundo, e você pode saltar das pedras, e o rio desce rápido, e você pode fazer barquinhos e mover pedras para fazer represas. A água sempre está fria. Do outro lado tem um prado onde, às vezes, as corças pastam. E nessa banheira tem sempre girinos, e para chegar nela você pode descer da montanha por uma ladeira muito inclinada. É tão inclinada que ali não cresce relva, só carvalhos, e abetos, e urtigas. Ou você pode dar uma volta e descer pelos prados, cruzando alguns riachinhos e trilhas de javalis. Depende da sua pressa. A montanha inclinada eu desço com a bundinha no chão, e as muletas eu uso para afastar urtigas e me esquivar das árvores.

O segundo poço está mais longe. Você tem que continuar andando um bom tempo depois do primeiro. No segundo, sempre bate sol. E a água é mais tranquila, e tem peixes que voam, e é melhor para pescar. É menos fundo, mas tem mais espaço para nadar, e a água é mais quieta. Eu não sei nadar, mas estou me ensinando. Você chega ao poço vindo do alto de uma colina, e tem rochas. Eu atiro as muletas nas rochas e, às vezes, elas caem na água, e então me arrasto que nem uma lagartixa para descer. Uma vez caí direto na água, mas não me machuquei. Tomo banho nua porque não tenho vergonha. E porque não tem ninguém olhando. E porque as senhoras que me dizem psss, psss e as outras senhoras da gruta também tomam banho nuas e nenhuma delas tem vergonha. Eu teria gostado de ver as coxas e os peitos da minha mãe. Minha mãe era alegre. O dia em que conheci meu irmãozinho mais velho ele tomava banho nu. De barriga para cima, de olhos fechados, sorriso no rosto e o passarinho flutuando. O passarinho era como o do Juan e do Pedro, mas peludo. E tinha a pele muito branca e brilhava como um peixe. Não me assustou. Mas nunca tinha visto um homem no rio. Éramos sempre as mulheres e eu. Como se os homens fossem tristes, todos eles.

Ei!, eu disse. Ei, você! E ele ficou em pé. Esse é o meu poço! Como quando os meninos mais velhos pegavam as pedras de brincar do Juan e do Pedro. Ei, você, seu menino bobo, me devolva a pedra. O homem saiu da água e sentou na margem. Primeiro eu não queria ficar nua e me banhar; queria ficar como um cãozinho de guarda vigiando a água. Mas depois pensei que, se o poço era meu, podia fazer o que quisesse, e tirei a roupa e entrei na água. E ele ficou nu numa das margens, com a bunda e as coxas todas sujas de barro. E quando me virei de repente, vi que ele tinha enfiado o dedão no rio, e eu disse, pode entrar se quiser, mas o poço é meu. E ele entrou. E depois de tomar banho, não foi mais embora. O nome dele era Hilari e não queria ficar sozinho. Sabia muitas coisas da montanha porque já havia estado ali antes, e sabia poemas, histórias e canções. Eu era feliz quando vivia sozinha no bosque. Gostava do bosque e da companhia, de vez em quando, das senhoras, e das corças, e dos coelhos. Até encontrar meu irmãozinho tomando banho no meu poço e ele vir morar comigo. Eu o apresentei às senhoras um dia e disse a ele, você tem que fazer ruídos de bicho, e ele fazia muuuuuuu, muuuuuu, como uma vaca, e as senhoras gostaram dele, e sempre nos cumprimentam de longe, e às vezes nos dão frutos, e nós, quando pescamos muitas, lhes damos trutas. E também mostrei a ele as outras senhoras da gruta, e falou que já as conhecia, e eu disse que não era pra incomodá-las, e ele disse que tudo bem.

Hoje meu irmão me acorda e diz que precisa me mostrar uma coisa. Corre, Palomita, corre, que *has de veure una cosa*[10]! Agarro as muletas rápido e saio da gruta apoiando a bunda na rocha. Nossa casinha fica um pouco elevada. Para sair, agarro as muletas, ponho-as para fora, firmo no chão, que sempre está macio de relva e folhas, e então desço pela rocha como se fosse um tobogã. Sou um gafanhoto com uma pata só, que nunca se machuca. Para entrar na nossa casinha, pego as muletas e jogo dentro. Clanque, clanque, batem nas paredes e no chão. Em seguida, eu me seguro nas pedras que têm saliências e orelhas nas quais se segurar e, com a barriga grudada na pedra, como uma rã, fico primeiro dependurada pelas mãos. Tenho os braços muito fortes. E então dou um pulinho com a perna e a coloco em cima da pedra, e quando estou apoiada, ponho as mãos um pouco mais para cima, até a curva da entrada da nossa casinha, e dou outro pulinho, e então as mãos já alcançam o chão confortável onde dormimos, e mais um pulinho, e com os cotovelos no chão, puxo a barriga e pronto. Não preciso que ninguém ajude. Só quando estou morrendo de sono, aí deixo meu irmão me carregar nos braços.

A manhã é fresca, à primeira hora, e o sol é quentinho. Meu irmão espera no matagal enquanto eu saio de casa, e então corre à minha frente, e, de vez em quando, para e me espera. Vira, e me olha, e depois olha o céu, e então continua.

---

10 "Tens que ver uma coisa!", em catalão no original, no meio da fala em castelhano. (N.T.)

Palomita, alegre, me diz baixinho, *bona companyia*. Quando meu irmão põe a mão na minha nuca como se eu fosse um jarro, é como se estivesse me dando a mão para que o acompanhasse. Às vezes, com a mão como quem segura um jarro, me diz uma poesia. Ou me conta coisas dos *pica-soques*. *Pica-soques, pica-soques, pica-soques pica bé*[11]. Hilari é meu irmão mais velho, mas é um irmão mais velho pequenino que diz, Palomita, olha. Palomita, vem. Palomita, você precisa ver uma coisa. Palomita, me faz companhia?

Agora diz:

— Palomita, não faça nenhum barulho.

Eu consigo ser muito silenciosa. As muletas se apoiam no chão sem fazer nenhum barulho, como as patas dos pássaros.

— Estamos chegando perto — sussurra.

Andamos entre as árvores e os arbustos, subindo a encosta, debaixo dos galhos. E me diz:

— Psiiiu, psiiiu, *veus*?

Eu não vejo nada.

— Ali — indica. — Ali.

Vejo folhas marrons, e folhas amarelas, e folhas verdes, e troncos cinza, e marrons, e verdes, e então eu vejo! Nunca tinha visto. Um senhor como um cão. Igual um senhor louco que morava no meu povoado e xingava as senhoras de puta, vagabunda. Com o cabelo sujo e comprido, e as unhas retorcidas. Está magro e agachado, e anda pelado, e dá para ver a bunda dele toda. Está sujo. Tem a cabeça próxima ao chão. Chegamos um pouco mais perto. Está comendo grama.

---

[11] *Pica-soques* é "pica-pau". (N.T.)

E então enfia a cara na terra preta e come terra. Grama com terra. Raízes. Minhocas.

— Esse senhor é o meu pai — diz meu irmãozinho.

Meu pai se chamava Israel. Minha mãe, Elena.

— Como se chama seu pai? — pergunto.

— Domènec — responde.

E eu não lhe digo que seu pai está comendo terra, porque ele já viu.

III

O TRANCO

Não me amolem. Cega que sou. Imensa como me fizeram. Surda, de tão ensurdecedor que foi nascer. O que pode interessar a vocês, minha voz ou minha perspectiva? Deixem-me em paz.

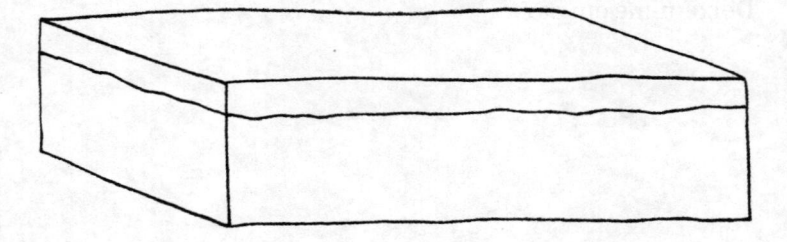

Meu sono é tão profundo que penetra sob os mares. O mar me cobria milênios atrás e quase não me lembro mais dele. Cega, surda e adormecida como sou. Fora, fora. Cresçam, musgos. Reproduzam-se, animaizinhos, que o tum-tum das suas patinhas me embala e o creque-creque de suas raízes me reconforta. Que nada vai durar muito tempo. Coisa nenhuma. Nem a quietude. Nem a calamidade. Nem o mar. Nem seus filhinhos tão feiosos. Nem a terra que sustenta suas patas mirradas.

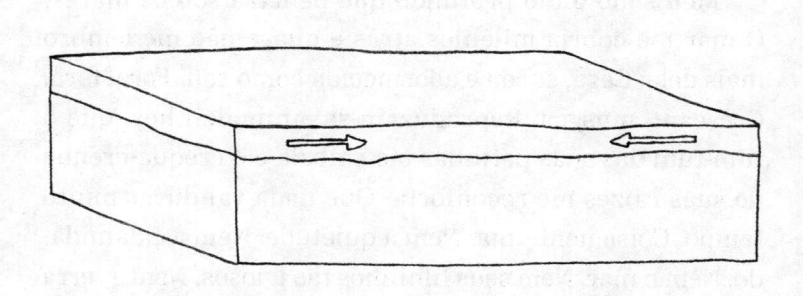

Ah, se o relembrasse, o golpe.

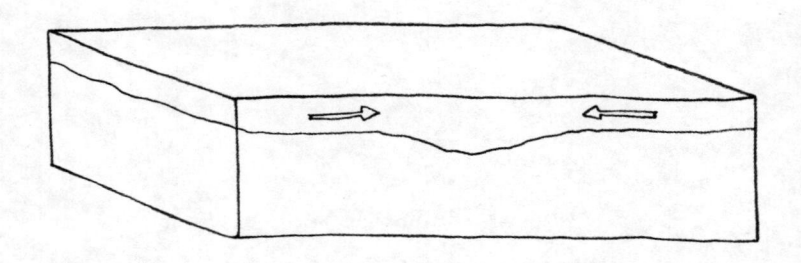

O terrível despertar.

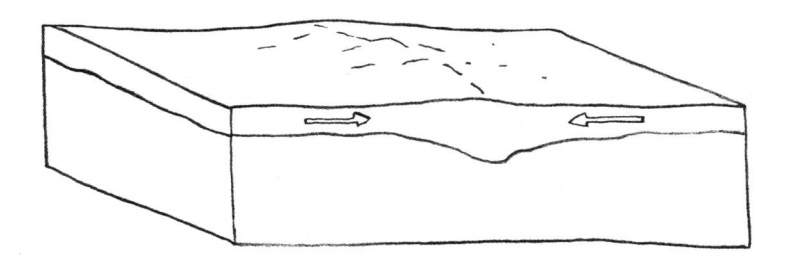

Se fizesse o esforço de evocar o rangido ensurdecedor. A profundidade incandescente, vermelha e incontrolável. Se rememorasse o choque lento e terrível, a violência desmedida e aniquiladora, os trancos e os terremotos, as colunas de fumaça e de pó, as fendas que se precipitavam até o fundo da rocha líquida e quente.

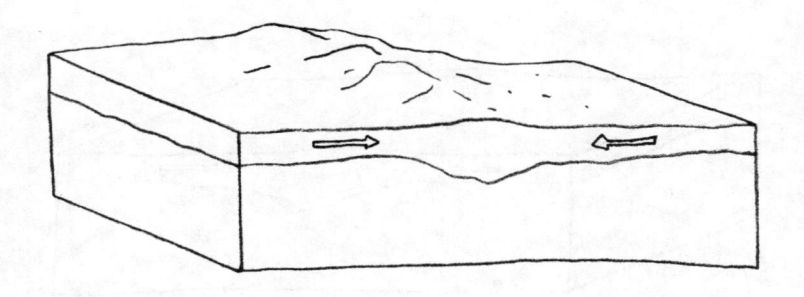

Se pensasse em como desgarramos suas patinhas. Como arrancamos suas raízes, miseravelmente agarradas a grumos de terra. Como desmanchamos sua casa, que nunca mais foi a mesma. Se puxasse pela memória como foi que morreram. Como morreram todos os que não rolaram, todos os que não correram, todos os que eram grandes demais, pesados demais, burros demais, fracos demais.

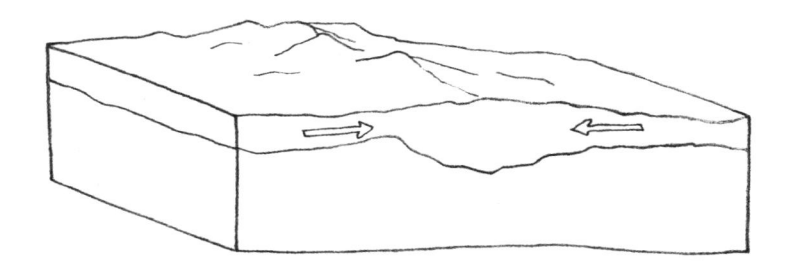

Como morreram, enquanto nós nos erguíamos. Toneladas e mais toneladas de rocha e de terra, de granito, gnaisse e calcita. Rumo ao céu, levantávamo-nos, desde as profundezas. Com toda a tenacidade, toda a paciência, toda a lentidão, toda a destruição. Um impulso obscuro nos erguia, a força bruta nos mandava para cima, a rocha se contorcia, a terra se sobrepunha, se amontoava, dobrava, estalava.

120

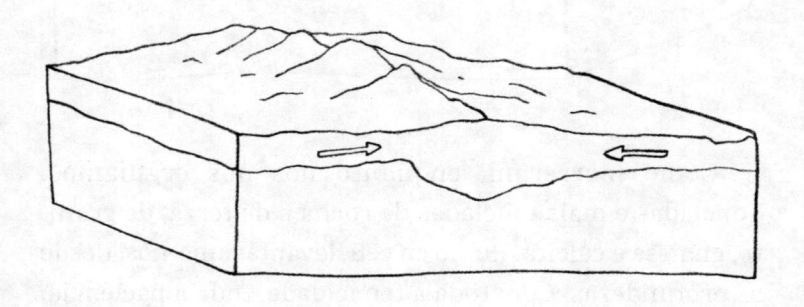

Agora me deixem dormir tranquila, crias desgarradas, ervas daninhas, tempestades esquálidas, árvores tristes. Vieram outros, sempre vêm outros como vocês. Para fazer ninhos e tocas, e repenicar seus cascos. Fazer crescer brotos verdes das árvores partidas. E as minhas encostas, e os meus cumes, e minhas cristas serviram de novos esconderijos, meus desgraçadinhos, tão miseráveis.

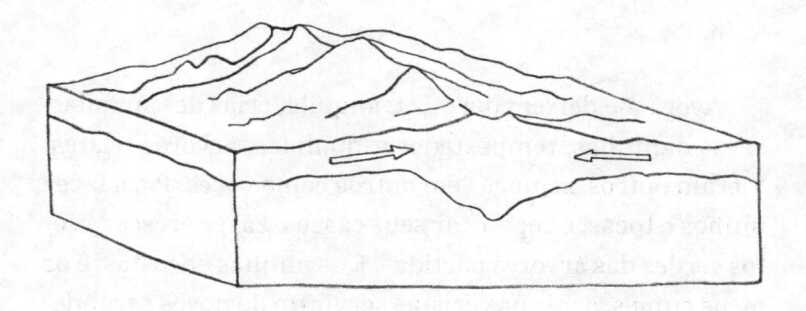

Venham aqui, venham, vou deixar-lhes um pedaço das minhas costas para que possam construir uma casa.

Mas não me obriguem a dizer mais nada. Silêncio. Basta.

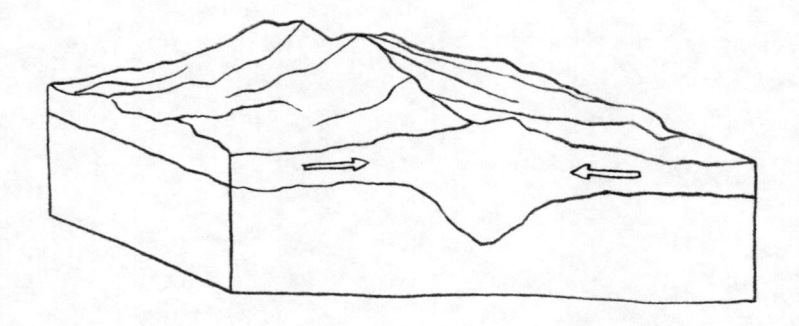

Não me obriguem a dizer depois, quando já me tiverem cravado bem fundo as raízes, quando a toca lhes parecer acolhedora, leal e boa, quando tiverem engolido minha água fresca, quando tiverem fechado os olhinhos e posto nome em seus filhos. Então, ressoará o golpe de uma violência cega, que é muito mais antiga que eu, muito mais infinita que eu, muito menos misericordiosa que eu. E irá aplicar novas forças.

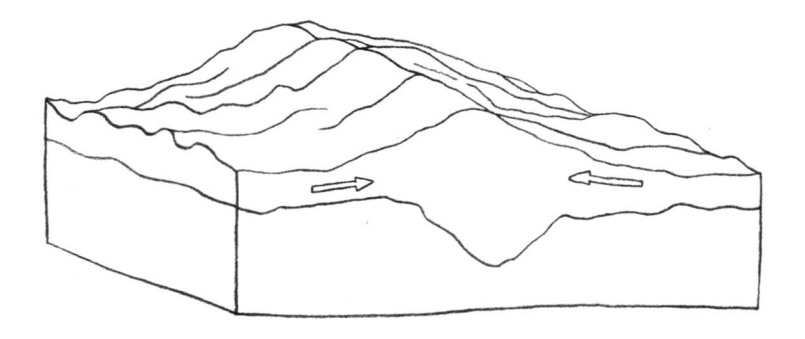

Os continentes se retorcem sobre seus alicerces. As paredes de rocha irão ranger nos choques, o céu se encobrirá de repente, os rios de lava correrão incendiando tudo, o mar se afastará e trepidará inteiro enquanto explodirem os vulcões e o ar se encher de fumaça e cinzas. E deixaremos de ser as montanhas que havíamos sido, as casas, e as tocas, e os esconderijos, e os terraços, e as cristas que havíamos sido. E nossos restos, nossa ruína, nossos penhascos se tornarão vales, planícies, toneladas de matéria rochosa que afunda no mar, novas montanhas.

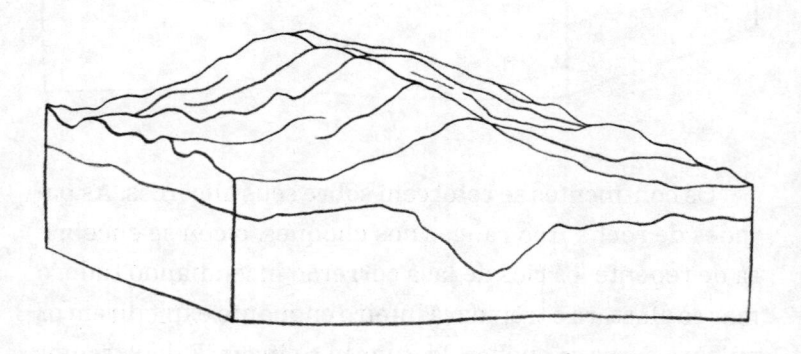

Terá começado o movimento, de novo. O desastre. O próximo princípio. O enésimo final. E vocês morrerão. Porque nada dura muito tempo. E ninguém mais se lembra do nome dos seus filhos.

Puxar bebês

Todas as histórias são mentira. Ouça o que eu digo. Todas as histórias que contam. As que dizem que somos más. Mentira. As que dizem que somos boas e bonitas como a prata e que todos os homens se enrabicham a ponto de se atirar nos lagos. Mentira. As que dizem que somos um mistério misterioso, mentira. Mentirosos são a maioria dos homens. Os homens que inventam histórias e os que contam. Os que nos recortam, e apertam, e nos enfiam dentro das palavras, para que sejamos como a história que querem contar, com a moral que querem contar. Recortadas, e encolhidas, e enfiadas dentro de suas pequenas cabeçotas. Pois nem por serem eles tolos e minguados são menos maus.

A Blanca, sua mãe, balançava o corpo de um jeito que parecia uma pata, e andava para lá e para cá com a barriga cada vez maior. Tinha o ventre cheio e duro como um tambor, e os peitos crescidos, que logo dariam leite. Como por mágica. Uma mágica de verdade, porque de sua vulva sairia uma criança inteira, com todas as unhas e olhinhos e língua, que seria você. Uma menina chorona e bonita, porque aos olhos das mães todas as crianças são bonitas, e porque você seria bonita de verdade.

A Blanca, sua mãe, queria uma companhia. Antes. E foi buscar um homem. E achou. Achou um homem forte que trabalhava no campo, com as mãos bem grandes e muito hábeis, que tinha a pele escura como a noite e os olhos negros e amarelos, porque havia visto coisas tristes e vivia muito longe do país onde nascera. E os dois se amavam ao entardecer, a Blanca e o seu pai, sempre sob as árvores e sobre a relva. A Blanca punha as mãos dele nos seus peitos, e ele dizia em outra língua, olha, como uma borboleta. Mas a Blanca não queria salvar nenhum homem, depois de tantos anos querendo salvar homens. Nem queria levá-lo para casa. Queria só a semente, para ter uma menina, de pele escura como uma castanha. Cheia de risos e ideias. Bonita de verdade, porque é de carne. De carne mesmo. Não toda branca e toda prateada como um lírio. Não. De carne de verdade, isso mesmo. Que você pode morder! Nhaaamm.

Muitos bichos parem de noite. As éguas não vão parir se você ficar olhando, querem proteger o potro do seu olhar e das suas intenções. Mas a Blanca entrou em trabalho de parto de manhã. Uma manhã de primavera que começara fria. Você ficou quieta, dentro, pronta, e todo o ventre dela se retorceu num espasmo trepidante. Está vindo, ela disse. A gente a pôs sentada no fundo, em cima de cobertores e lençóis, e ela diz que tudo lhe dá calor. E então sai o tampão marrom, e água, água e mais água de dentro da vulva, como se fosse uma fonte. E você, que já não pode mais nadar, está a ponto de chegar, e a Alba e a Flor vão correndo buscar as mulheres que sabem puxar bebês.

Fico com a Blanca e lhe digo para respirar com as contrações, e seguro suas mãos quando as minhas não a incomodam. E dou-lhe um pouco de chá de tomilho. E ponho mais água para ferver e preparo mais mantas, e a Blanca geme de vez em quando, e depois diz, estou feliz, estou feliz, estou bem, com a cabeça cheia de areia. Agora vamos ter uma criança com quem brincar.

    O sol se planta no meio da manhã e a Blanca engatinha. Agacha-se, e respira fundo, e move as ancas para lá e para cá, e me diz, cada vez dói mais, sem trégua, e eu digo, respire, respire, Blanca, e lembro as outras vezes. Das vezes que eu havia carregado filho na barriga. Três, como três estrelas. E digo a ela, você não se lembra, Blanca, da outra vez que carregou uma criança na barriga? E a Blanca me responde, dor a gente esquece logo... e dá um sorrisinho e então faz ai!... e põe as duas mãos espalmadas no chão.

    Os meus bebezinhos tinham o cabelo como palha molhada, digo a ela. E o homem, que já não tem nome, porque o apaguei quando levantou a mão para mim e disse, tinha de ser uma mulher d'água!, e depois desceu a mão, com força, na minha cabeça e nas minhas bochechas e no meu peito. Aquele homem disse que as crianças são dos pais e não das mães. E eu disse que não. Disse que eu que os carregara na barriga durante muito tempo, e que tinham sido feitos de mim, e saído de dentro de mim, eu me abrira como um ovo que nunca mais fecha. E ele gritou, você fique quieta, quieta, quieta, puta, traste. E falei que meus filhos seriam como passarinhos e não iriam gostar dele. E me ameaçou, que se eu voltasse, mataria os três. Mas meus filhos cresceram e ficaram como passarinhos e foram embora. Essa criancinha vai ser nossa, digo a ela.

    E então chegam a Alba e a Flora com uma jovem senhora que sabe puxar bebês. São sempre em quatro, as senhoras que sabem fazer nascer os bebês. E todas têm cabelo branco. Há aquela que manda, que se chama Joana, de cabelo comprido e solto, e cara séria, que não fala, mas em cujos olhos brilham todas as coisas que sabe. E a outra, que dá risada, que se chama Dolceta e usa o cabelo trançado, e é amiga da Blanca porque as duas gostam de fazer brincadeiras e dar risada. E tem ainda a Margarida, que sempre chora. E a Eulàlia, que conta histórias. E conta umas histórias que adoramos, porque nunca têm a voz nem os olhos dos homens que escrevem as histórias ruins.

As senhoras que sabem puxar bebês vivem no bosque, mas eu nunca estive na gruta onde dormem. A Eulàlia me falou, um dia, que não era uma gruta como a nossa, disse que era uma gruta de bandidos. Mas vai ver que era história dela.

A senhora que trazem hoje tem o cabelo branco e curto, e veste uma bata lilás com cinto. A Alba vem à frente, guiando, a Flora atrás dela, e a senhora segue as duas, ligeira e tranquila como um coelho.

Tem uma expressão inocente e atenta. Entra na gruta, e a Blanca abre os braços como se fosse uma menina querendo que a peguem no colo.

É aqui, é ela, diz a Alba, e a senhora se aproxima da Blanca, segura suas mãos e diz baixinho, bicho entende disso, de parir. E entende pela própria natureza. Somos bichos e, às vezes, nos esquecemos de que somos bichos também. Ouça a criança e ouça a dor. Segure na pedra, diz a ela. Respire, diz.

E a Blanca se entrega à mulher que sabe tirar bebês como se fosse uma mãe. Então a Blanca se despe.

Isso, isso, diz a senhora, como os bichos. Qual é seu nome, bichinho? pergunta.

E a Blanca responde, Blanca.
Onde aprendeu a puxar bebês?, pergunta e geme.
Ajudando vaca a parir, diz a mulher. E tive dois filhos. A primeira que nem uma espiga, que não saía de forma nenhuma. O segundo que nem uma rã, saiu sozinho.
E apalpa a barriga dela.
Está vindo de frente, diz. Bezerro vem com as patas primeiro.
A Blanca não grita, prende a respiração, agarrada à parede, e solta um gemido lá de dentro, bem de dentro, um gemido longo, doído, o rosto todo molhado e os cabelos grudados, e as mãos inteiras brancas de se apoiar na pedra.
A senhora a apalpa, olha para ela e diz, você está bem aberta e logo veremos a cabecinha. A Blanca fica de quatro e respira. A mulher nos diz, tragam mais mantas e mais água. E trazemos mais mantas e mais água, e a Blanca geme e aperta os dentes, cada vez mais, e então, de repente, solta um gemido que começa com um aaaaah, um aaaaah dito para dentro, um aaaaah baixinho e desgarrado, que dói ouvir.
De cócoras, de cócoras, com os pés plantados no chão, como se fizesse cocô, diz a senhora, e a Blanca ergue os joelhos e planta os pés no chão, e então a mulher acrescenta, vai ser rápido porque já estou vendo a cabecinha dele.
A Blanca diz, estou com medo. E a senhora que entende de parto diz, não tenha medo, e o diz muito segura e séria, e a Blanca faz força. A mulher se ajoelha atrás da Blanca e fica ali, quieta, com as duas mãos debaixo do ventre dela. Um braço pela frente, o outro por trás da bunda redonda e grande da Blanca. A mulher tem as mãos na nascente da vida, como se colhesse uvas, como se pegasse água com as

mãos em concha, e então sai a cabecinha inteira. Respire, respire, diz a ela, que agora vêm os ombros. E põe as mãos em volta do pescoço do bebezinho, como se fosse um peixe, ainda embrulhado, todo roxo, e saem os ombros. Com a parte macia do braço, a senhora apoia as costinhas dele, e com a outra mão a bundinha, que desce depressa, e saem as pernas, pequeninas e encolhidas, muito bem-feitinhas. A Blanca volta a apoiar as mãos no chão, como uma vaca, e você já está toda fora, e inspira o ar e chora um choro forte, e a Blanca apoia os quadris na pedra, em cima do sangue e das mantas, com o cordão escuro e grosso entre as pernas. É uma menina! A mulher põe você em cima do ventre inchado da sua mãe, entre os peitos dela, como duas montanhas. Você tem os olhos amarrotados, e as mãos enrugadas, e o cabelo escuro, e a Blanca sorri muito, com um riso muito, muito brilhante, e uns olhos tão, tão brilhantes, e uma pele tão, tão brilhante, e uma menina como uma borboleta escura no peito. E então sai a placenta.

Quando você já nasceu, a Blanca, toda confusa e cansada, pergunta, como você se chama? E a mulher que sabe puxar bebês responde que o nome dela é Sió, e que está com muito, muito sono. Ajeita-se num canto e adormece logo. E dorme um dia inteiro. Dorme profundamente e quando levanta lhe dão uma sopa de tomilho, e ela logo volta para casa.

Três dias depois, quando você já mama como um bezerrinho e a Blanca já consegue caminhar devagar, como uma pata desplumada, ela me diz:

— Tinha as mãos quentes.

Eu não sei do que está falando, e ela continua:

— Tinha as mãos quentes como o pessoal da vila, a mulher que veio tirar o bezerrinho. — Chamou você de Bruna, mas todas nós a chamamos de bezerrinho. — Não foi enforcada, essa senhora. Tem uma casa com janelas e mora na vila.

Eu largo o tricô que estou fazendo. Uns sapatinhos de lã para pés pequeninos.

— Blanca, por que está dizendo isso agora?!

Você está grudada no peito dela e mama que mama, e a Blanca olha para você como quem sonha e me diz:

— Não vai voltar. Estava perdida, tinha se perdido. A Alba a ajudou a voltar para casa.

Eu digo que não com a cabeça, porque não gosto disso, e dormimos mal umas quantas noites porque você chora muito, e porque imaginamos as pessoas das aldeias vindo, encurralando-nos.

A NEVE

Desço do carro e sou recebida pela cadela, e bato à porta e peço licença para entrar e, assim que sento à mesa da cozinha, digo:

— Já disse isto uma vez para a sua mãe e ela não gostou. Mas agora que a Sió está morta, digo a você, Mia. Vocês têm alguém aí dentro de casa.

Ela me olha, tranquila:

— É um morto, Neus? — pergunta.

— O que restou dele — digo.

— Ele quer fazer alguma maldade?

— Ficaria melhor fora.

— Que nem os bichos — diz. — É o meu pai?

— Não sei.

— É cego?

— Não sei.

— É o Hilari?

Não sei se é o Hilari.

— Posso pensar? — pede ela.

Se posso evitar, não entro em Matavaques. Procuro não olhar as janelas. Olho para a horta, o jardim e o monte do outro lado. Quando o sinto, imagino-o um homem. Mas não é um homem. Imagino um homem para ter um pouco menos de medo. Um homem zangado. Violento e descontrolado, com a obscura certeza da força. Contrariado, como um menino. Escondido num canto. Envolto no veneno do próprio fracasso. Incubando a raiva e a espera, como uma galinha a quem roubaram os ovos.

    Antes nevava de verdade. Nevava tanto que, junto à estrada, se erguiam muros altos de neve, como prisões. Como labirintos. Como castelos. Os meninos pegavam sacos e desciam pela encosta, sem trenós. A bunda em cima do saco, o saco em cima da neve. Dava para ouvi-los rindo e gritando em meio ao silêncio absoluto que reina na montanha depois que neva. Como se todos, as árvores e os bichos, tivessem emudecido do susto. Da brancura que ofusca. A neve branca, como uma mão que lhes cobrisse a boca. Os meninos celebrando a neve. Porque a neve, um pouco como a morte, você não escolhe. Chega quando quer e muda tudo. A meteorologia diz que vai nevar. Hoje. Eu digo que não vai. Sei quando vai nevar, porque a luz é branca. Quando vai chover, a luz é cinza, um cinza-prateado. Tanto a luz cinza como a luz branca já podem ser vistas um dia antes. Conforme a intensidade, você sabe quanto tempo falta para chover ou nevar.

    A minha avó achava água com umas barrinhas de ferro, como dois éles, e o pai dela sabia se ia chover ou não, e as pessoas, que não gostavam muito do meu bisavô, porque tinham medo dele, iam vê-lo e perguntavam se era o caso de semear. Um dia, colhíamos ervas com a minha avó e perguntei o que eram as cascatas. Eu sempre as via, as cascatas, pairando a meio caminho do céu, como as nuvens. Algumas mais grossas, outras mais estreitas, de um azul furtivo, bonito e transparente como o do rio. A avó olhou o pedaço de céu que eu apontava e exclamou: "Ah, Virgem do céu, menina. Olha só o que fomos arrumar". E mais não disse. Minha avó se chamava Dolors. A avó Dolors não disse que embaixo das cascatas há poços e rios subterrâneos. Não disse que as cascatas são sinal de água, nem que as cascatas só ela, eu e o bisavô que víamos, ninguém mais. Que por isso ela achava água. E não disse que quem vê cascatas vê outras coisas. Mas não com os olhos. Com a barriga, e com todos, e cada um dos pelos dos braços e da nuca, e com o fígado, e com a pleura, e o coração, e a bile, e todas as partes do corpo sensíveis ao medo e às penas. E não disse nada da escuridão nas esquinas. Nem das coisas tão tristes, que são como uma bofetada. Nem das coisas que não se pode fazer nunca, sob nenhuma circunstância. Nem dos que morrem e não vão embora. Nem dos buracos pelos quais respira a terra. Nem da balança.

Às vezes, para fazer graça, meu homem me chama de Rainha das Neves. Porque meu nome é Neus[12]. E sempre acerto, quando neva. Meu homem eu chamo de Agustí, que é o nome que a mãe dele lhe deu, mas todo mundo o chama de Aguazil. Menos nossas filhas, que o chamam de papai. Naquele conto da Rainha das Neves, a Rainha das Neves tinha um espelho. Um espelho no qual, quando você olhava nele, via apenas coisas tristes e ruins. Uma vez, uns duendes iam transportando o espelho para o palácio de inverno, quando o espelho escorregou da mão deles, caiu e se partiu em mil pedacinhos. E esses mil pedacinhos se espalharam por toda parte. E se enfiaram nos olhos de algumas pessoas, e, desde então, tudo o que viam era triste e feio. E também se enfiaram no coração de alguns, que só sentiam rancor e

---

[12] *Neus* é "neves" em catalão. (N.T.)

pena. E quanto a mim, um pedacinho de espelho entrou em um dos meus olhos, e vejo algumas tristezas, vejo onde foi que fizeram mal a alguém, e percebo os que já morreram e ficaram encalhados. E se tenho coragem, e se tenho energia ou se eles estão muito perto de pessoas a quem eu quero bem, explico-lhes que precisam ir embora.

Toca o telefone. É a Mia. Neus, diz ela, tire-o de casa. Eu digo a ela que vou poder ir amanhã. Toda segunda-feira, fazem uma caminhada, a Mia e minha filha Cristina. Vamos fazer isso de dia, digo a ela. Diz que pode me preparar o almoço, digo que não precisa. Vou às dez. Você vai ter que esperar fora. E penso na meteorologia, que garantiu que vai nevar.

No dia seguinte, o céu é como o ventre de uma mesa, baixo, liso e cinza. Quando o Domènec morreu e a Sió ficou sozinha, eu a visitava toda semana. Eu não era casada, ainda. Levava feijão, ou abobrinha, ou arrumava qualquer boa desculpa para poder lhe fazer uma visita. E quando a Sió perdeu o juízo, anos depois, eu também ia com frequência. Não o suficiente. Nada nunca é suficiente. Quando tinha que entrar na casa, ficava sempre na cozinha. A cozinha é uma boa cozinha. E, se eu podia, ficava no pátio, na frente, onde o sol bate bem forte, já que neste trecho de montanha temos um microclima.

Chego a Matavaques, e a Mia aparece com a cadela.

— Precisa de alguma coisa? — pergunta.

Não preciso de nada.

Entro. A casa me espreita silenciosa. Estranhando. Expectante. É uma casa antiga, mas não é muito grande, uma casinha de capataz ou de pastores. A entrada fica em cima de três degraus, que são como três dentes. É uma entrada pequena, de paredes rústicas e lajotas de barro, uma diferente da outra. O cabideiro das jaquetas, a sapateira. Um armário embutido de madeira cheia de veios. Uma mesa maciça, com uma bandeja com chaves, papéis e cartas. A cozinha fica à esquerda. De piso de lajotas brancas, e uma ou outra com uma flor azul. A pia, de mármore cor de rosa, uma janela com cortinas bordadas e um escorredor antigo, com os pratos, todos brancos, colocados para secar. Uma mesa robusta, escura, polida e brilhante de tão antiga e usada, e um banco que também deve ter anos, com almofadas de linho, e um jarro com flores secas, e cadeiras pequenas, e uma televisão. A Mia é boa para conservar móveis. Salva coisas que parecem condenadas. E a casa é limpa e acolhedora. Não como a nossa, sempre bagunçada. Tudo espalhado pelo meio, com esse meu marido e esses meus netos.

    A área dos fogões é nova. Tem uma coifa para a fumaça, feita de madeira, mas dá para ver que é de madeira que não viveu no bosque, que foi cortada e polida por máquinas sem coração. O fogão à lenha está aceso. É um fogão antigo. Construído em cima do piso da casa, encostado às paredes. Branco, com as bordas de madeira e a moldura de azulejos suja de fuligem. Uma boa cozinha. A cozinha dá para uma despensa de porta fechada, onde nunca entrei. À esquerda da entrada, fica o quarto onde a Mia dorme, que, se não me engano, havia sido do avô Ton. Entro por curiosidade, porque não há nada ali dentro. É bonito. Com paredes amarelas. Duas janelas altas. Um baú de noiva, uma cômoda e um armário grandes e maciços, com faixas decorativas simples gravadas na madeira. Um espelho pequeno com uma pia de porcelana. Uma cadeira cheia de roupas usadas.

Uma mesinha de cabeceira com mais flores secas, e Vick Vaporubes, e medicamentos, uma lampadazinha, um rádio branco e uma foto da Mia e do Hilari, que nela não deviam ter nem vinte anos. E livros. Toni Morrison. Marta Rojals. Stieg Larsson. Com o adesivo do Bibliobús[13]. Há um tapetinho marrom ao lado da cama, que é onde Lluna deve dormir. A cama tem uma cabeceira e uns pés de madeira escura. É um quarto acolhedor.

    O pai da vovó Dolors, meu bisavô, de vez em quando chamava alguém de lado e dizia: "Encomende sua alma porque você vai morrer". Por isso, as pessoas tinham medo dele. Porque, poucos dias depois, aquele a quem ele tivesse dito morria. E, quando viam meu bisavô chegando, as pessoas já tremiam. Não tinha vida boa, o homem. Andava com um bando de corvos acima da cabeça. Essas coisas não se podem dizer. Mesmo que você tenha percebido. Ou que saiba. Mesmo que saiba com a mesma certeza que sabe que o sol vai nascer amanhã. Isso era a minha avó que me dizia. Psssiu e boca fechada. Tão fechada que nunca me explicou nada daquilo que via, nem daquilo que fazia, ou de como fazia. Dizia apenas uma coisa, a minha avó. Morto é morto. Não se pega em morto, nem se fala com eles, viu, menina?

    É chegada a hora. O problema que eles têm é no andar de cima. Vou até a escada. É uma escada de madeira e lajota de cerâmica. Está lá em cima e já me espera. Ansioso e contrariado. Fico com a pele arrepiada no final da espinha e, a seguir, nas costas todas. Começo devagar. Tranquila. Vou subindo os degraus. Como uma mãe. Como uma avó. Essas coisas, às vezes, nunca tiveram mãe ou avó. Digo,

---

[13] Bibliobús é um ônibus com função de biblioteca pública ambulante, comum em várias regiões da Espanha. (N.T.)

amavelmente, que precisa ir embora. Que ali não é a casa dele. Não é mais a casa dele. Que não tem problema. Explico por que não é casa dele. Que ali ele já não está mais à vontade, digo. Você precisa ir embora. Precisa achar seu caminho. Sua pena e sua raiva pesam no meu estômago. No fígado. Aproximam-se de mim, ficam aferradas, fincam-se como um espeto grosso e enferrujado. Fica bravo. Muito bravo. Cheio de raiva. Cheio de uma gosma preta. Estou com todos os pelos do corpo arrepiados, como espinhos, como agulhas. E então começa. Filho da mãe. Não fala. Não falam. Não falam de um jeito que eu entenda. Eu pronuncio palavras por dentro, como um pensamento, mas eles não têm palavras. Têm só essa dor toda, todo esse ódio, toda essa água suja.

Fico brava. Digo de novo que ele precisa ir. Não devemos nos zangar. Não devemos perder o prumo. Quando perdemos o prumo, é terrível. Quando se perde o prumo, acontecem coisas ruins. Eles ganham. Ferem. Não é mais a sua casa. Não é mais a sua casa. Não é mais. Fora. Saia. Procure seu caminho. Esse não é mais seu lugar, você não fica mais à vontade aqui.

Às vezes, você consegue desfazer essas coisas. Algumas delas são pessoas. E outras, sei lá o que são. Há coisas que não dá para entender. Não sei aonde vão, quando vão embora. Não sei se há mais alguma coisa ali. Não sei nada. Mas algumas dá para desfazer. Podemos consolá-las, como se fossem uma criança. Podemos tranquilizá-las. Podemos explicar o que tiver de ser explicado. E, depois de horas, elas ouvem. Depois de horas, ficam pequenas e amáveis e tranquilas e então vão embora.

E há outras que você não consegue desfazer. Há coisas tão grandes correndo por este mundo afora. Coisas tão ruins, que você não pode fazer nada além de lutar dia e noite para que partam, se escondam e se enrosquem em outro lugar. Para que saiam de onde se enfiaram para causar degradação e tratem de fazer isso em outra parte.

Entro no quarto em frente à escada. É um quarto de casal. O chão de madeira está bem gasto. A cama é grande, velha, alta, com uma cabeceira dourada, na qual há uma virgem Maria pintada e um menino Jesus gorduchinho, que já anda, e uma ovelha, e um são José. Penso que devia ser o quarto da Sió. E, antes, o quarto da Sió e do Domènec. Agora não é usado pela Mia. Tem cheiro de sachês de ervas para roupa e de líquido de matar cupim.

Deito-me na cama, que é dura e tem uma colcha branca e amarelada. Coloco as mãos na barriga e fecho os olhos. Sinto algo se retorcer dentro de mim como uma serpente. Boa coisa não é. Mas lhe digo o que tenho que dizer. Sem perder o controle. Severa. Morta de medo. Falo, falo e sigo repetindo as mesmas coisas. Fora. Fora. Vá embora. Vá embora.

Mas quando abro os olhos, tenho-o em cima de mim. Estremecedor. Todo escuro e com dois olhos imensos, brancos e aumentados. Não me mexo. Ele encosta seu rosto, que não é um rosto. A boca é como um orifício. Gritaria, mas fico com o grito entalado como um osso que degluti pelo buraco errado. De nada adiantaria gritar. Não está aí. Digo a mim mesma. Não está aí. E me olha impassível. Não está. É um menino que boceja com essa boca. Um menino que tem sono com esses olhos. Um monstro. Com esse olhar terrível como todos os males do mundo. Esses olhos frenéticos.

Fora. Fora. Vá embora. Fora. Aqui não é sua casa. Aqui não é sua casa. Não é sua casa. Fora. Fora. Fora.

E vai embora.

Levanto-me da cama. Pesam-me muito os pés, as pernas e os joelhos. É a idade, Neus. Vou até a porta e encosto no batente. Olho para trás, para a cama. Olho na direção do armário da escada, mas não está lá. Tampouco está no banheiro. Desço a escada. A cozinha, nada. A entrada, nada. O quarto, nada. Concentro-me e ouço. Não está mais.

Recomponho-me na entrada e saio.

— Quer um café, quer alguma coisa? — pergunta a Mia. Chuvinha fina.

— Não — digo —, estou cansada, vou para casa.

— Obrigada — diz.

— Ela costuma subir até o andar de cima, a cadela? — pergunto.

— Não muito.

— Quer que eu lhe diga onde estava?

— Não — responde sem hesitar.

Faço que sim com a cabeça. Algumas dessas coisas gostam de ficar nas escadas.

— Até mais, Mia.

Quando Sió perdeu o juízo, meu marido disse que, às vezes, para sobreviver, você tem que jogar terra em cima das lembranças, mas quem sofreu muito sempre joga terra demais. O Agustí fica pensando muito, na história de todos. Tenta achar o porquê das coisas. Analisa. É o seu jeito de encontrar um pouco de paz. Entender os fatos, as pessoas. Mas nem todas as coisas podem ser entendidas, meu caro.

Subo no carro. Gotas pequenas como agulhas caem no para-brisa. Nada de neve, está vendo, dona meteorologia?

Dou um tchauzinho para a Mia com a mão, ela entra em casa, e saio do pátio dela. Seguro firme no volante e ponho segunda, e o assento é macio e agradável. Tem cheiro de aromatizador de pinho, esse que o Agustí compra. O caminho não está asfaltado, e o carro sacoleja. A encosta da montanha desce à minha esquerda. No meio do caminho, avisto um rapaz jovem, de cabelo escuro e de bengala, passeando. Reduzo a velocidade. O que dá na cabeça dessa gente de andar por este caminho com um tempo desses??, penso. Quem é? Está indo ver a Mia. É jovem. E então nos cruzamos. Mas quando passo ao seu lado, viro o rosto, para o outro lado, para baixo, para a montanha e o rio. Viro de repente, muito rápido, e lamento não cumprimentá-lo, mas é que não posso. Estou cansada. Não quero ver todas essas sombras e todas essas coisas tristes que estão agarradas na jaqueta dele.

O MEDO

Diz: eu poderia ser sua mãe. E diz: não sou sua mãe. Separado pelas outras coisas que diz no meio dessas duas. E, dentro de mim, fazem sentido todas as coisas que não fazem sentido, e deixaram de fazer sentido todas as que ainda deveriam fazer. Porque se ela me tivesse tido com dezenove anos, ou dezoito, não sei, mas imagino, poderia ser minha mãe. E porque nunca será minha mãe, mesmo que ela quisesse e eu quisesse, mas eu não quero e tampouco ela quer. Às vezes, ainda sou como antes. E, outras vezes, sou como se nunca tivesse sido quem era antes, como se tudo tivesse escapado pelo buraco da cabeça e tivesse sobrado apenas o medo profundo, e as coisas que tenho em volta do pescoço. E não consigo parar de olhar para a escuridão do olho que já não vê e de sentir enjoo, e pensar que nunca mais vou voltar a ser o que era, e pensar que não me mataram, mas me arrasaram para sempre. E pensar que vou ter que morrer de novo, e que dá muito medo morrer, e que poderia ter morrido então e não precisaria morrer de novo. E não teria aprendido o medo. Porque há coisas que você não quer aprender, que não precisaria aprender e você aprende para sempre. E já não dá para fazer mais nada, nem querer nada, nem sentir nada, de tanto medo. Nem dá para voltar a ser como se era antes, porque antes não se havia aprendido o medo. O medo, quando ele te pega, é o fim. E então é preciso tomar comprimidos, e é preciso dormir, e, no dia seguinte ou no outro, é preciso recomeçar.

Quando sobe gente para nos ver aqui em cima, digo-lhes que isso aqui é o nosso refúgio, a casa de campo, para dar inspiração, para escrever novelas, essas coisas. E eles riem, os meus amigos. Os meus amigos, tão pacientes, porque as pessoas logo se cansam de esperar que você fique bem.

Queria falar das coisas boas de quando chegamos aqui em cima e dos benefícios da montanha e do ar limpo quando alguém estourou a tampa do seu cérebro.

Era uma vez eu e a Clara que dormíamos abraçados na cama. Era uma vez dois homens que entraram em casa. E um tinha um revólver e nos tirou da cama, e nos pôs de joelhos no tapete. E apontava o revólver na minha cabeça, e eu abaixei a cabeça como um cãozinho, e a Clara gritava, e o homem gritava mais alto que os gritos dela, porque queria nos assustar, mas já estávamos assustados, e de tanto gritar e de tanto ficar mexendo o revólver em cima da minha cabeça, disparou, e a bala entrou e saiu do meu crânio, e os homens foram embora correndo, e a Clara pulou pela janela, que era baixa, para ir buscar ajuda, e fiquei em cima do tapete, porque o apito depois do tiro soava muito forte dentro do cérebro, e porque não conseguia me mexer, e tampouco foi despertada dentro de mim a centelha da ideia de me mexer.

Mas não era nisso que queria pensar. Queria pensar em quando desci do carro e a casa me pareceu tão bonita, no meio da encosta, tão escondida que não dava para ouvir nem o barulho dos carros da estrada, tão de conto quanto os contos que minha mãe me contava quando eu era pequeno. Foi minha mãe que disse que subiríamos à montanha e quem encontrou a casa, chamada Can Grill, arrumou todas as malas e me enfiou no carro, e, de repente, estávamos aqui. Porque o barulho fora do apartamento de Barcelona, e os carros, e todos os edifícios, e as esquinas pontiagudas, e as linhas retas, e os gritos das pessoas, e as risadas das pessoas me encurralavam dentro de mim, e eu não queria sair. A angústia ficava densa como uma esponja quando eu punha os pés naquelas calçadas de tom cinza, e afundadas, e desprotegidas. E minha mãe falou chega e disse que, se fôssemos para um lugar onde houvesse árvores, eu teria de sair de casa.

Quando acordei, disseram que era um milagre. E todos vinham ao pé da cama e faziam perguntas, e minha mãe comprou o jornal e mostrou fotos minhas. E então, quando todos foram embora, chorei, porque estava cansado de tanto ver gente e de dizer umas poucas coisas. O tiro me tirou a visão de um olho e me deixou meio manco da perna esquerda, que, às vezes, parece que não é mais minha. E é isso. E os médicos disseram que havia sido uma sorte. O buraco me esvaziou de amor, também. Talvez se eu a tivesse amado mais, a Clara, teriam disparado na minha cabeça, e eu acordaria e a teria amado ainda mais. Mas eu já não queria mais amá-la quando acordei. A Clara chorou ao pé da cama quando lhe disse que não queria amá-la mais, e então, quando minha mãe voltou da cantina do hospital, foi embora. E sei que às vezes ela liga para minha mãe. E eu lhe quero bem, mas não queria ter que cuidar dela. Não digo de protegê-la de homens que entrem em casa. Digo de me preocupar, de perguntar como foi seu dia, de pensar nela e pensar nas coisas que faríamos juntos. Quero estar o tempo todo sozinho agora. Por isso gostei da casa, porque era uma casa isolada, de onde não dá para ver mais nada. Estamos de cara para o vale, e, na encosta em frente, não tem nada além de bosque e pasto. O rio passa sob os nossos pés e, se você fica em silêncio, dá para ouvi-lo. A casa tem um relógio de sol na fachada, que eu não sei ler, porque parece que é preciso fazer uns cálculos. E uma sacada pequena e inútil. E dois andares. E uma cozinha toda de madeira, com um teto tão baixo que o cabelo fica roçando nas vigas. E tem uma despensa pequena e umas janelas pequenas, para o frio não se enfiar dentro, e um fogão à lenha, construído em rocha cinza que parece prateada, e que eu sempre acendo porque é bonito de olhar, o fogo. E no andar de cima fica o banheiro, e todos os pisos são de madeira, que gemem quando você anda e quando não anda também, e com os sofás e as poltronas cor de rosa e vermelho, e os tapetes vermelhos. A madeira geme constantemente, e se dilata, e se contrai, e se mexe, e penso que se entrassem homens aqui daria para ouvi-los antes que achassem os quartos. No andar de cima, tem também a banheira e o lavabo, separados, e o quarto onde dorme a mãe e o quarto onde eu durmo, e na sala das poltronas tem outra lareira, que eu não acendo quase nunca para não ter que ficar cuidando de dois fogos.

    Caminhamos todos os dias. Minha mãe e eu. Pegamos o caminho que sai de casa e que tem a relva alta, e então desviamos para baixo, e pegamos trilhas de bichos, e às vezes trilhas de pessoas, descendo, com um zigue-zague que leva você até a beira do rio.

    Às vezes, temos que afastar amoreiras, galhos e urtigas, e há um pastor elétrico para o gado que eu preciso abrir e depois voltar a fechar. O caminho é todo cheio de esterco. O rio se chama Ritort, que é um nome bonito, e é friíssimo e corre rápido, e eu o imagino como uma língua limpa que vai lambendo todas as pedras. Quando vou com minha mãe, não atiro pedras porque isso a incomoda, e quando vou sozinho fico um tempão atirando pedras, que batem e rebatem, e já consegui um máximo de cinco repiques, que é um recorde considerável.

Se em vez de descer você sobe, encontra os vizinhos mais próximos. Uma casa que se chama Matavaques, e não fui eu que inventei esse nome. Eu é que falei, vamos experimentar esse caminho. Um caminho que você tem que dar duro para subir, como o das vacas. Tão íngreme que é preciso se segurar um pouco nas árvores. Minha mãe falou Oriol, porque fica com pena, achando que eu não sou capaz de subir com esta minha perna, mas eu achava que podia, sim, e já estava cansado de descer sempre em direção ao rio. E quando chegamos lá em cima, vimos que estávamos na parte de trás de uma casa, na horta. Era preciso saltar uma cerca e eu disse, vamos lá, e a mãe disse, não, homem, agora que subimos, vamos lá dizer um oi. E eu disse, mas estamos na parte de trás e talvez eles se assustem. E a mãe disse, não, homem, não. Sempre diz, não, homem, não, a minha mãe, e faz o que lhe dá na telha. Eu falei, mãe, não é bom entrar pelos fundos de uma casa! E ela falou, então fique aí. Fique aí!, ela falou. E pulou a cerca primeiro e me ajudou a pular. A mesma mãe que havia dito Oriol, no começo do caminho. Passamos ao lado da horta, e reparei que havia cebolas, escarolas, alfaces e só. Da horta, crescia uma relva grossa e forte, pouco bonita, que se estendia como que por vontade própria, e não porque fosse um jardim, em volta da casa.

E então apareceu o cachorro. Era um cachorro de pelo comprido, branco, e com duas manchas pretas, uma nas costas, como uma sela, e a outra na cara, em cima de um olho, como um pirata. Veio furioso quando nos viu, e latia como louco, latia e latia na nossa frente, parado e com as costas retas para que a gente não avançasse. Eu me agachei um pouco, bem devagar, e deixei a bengala no chão. E então apareceu a dona e gritou, Lluna, psssiu, e o cachorro deu mais dois latidos e parou. A mulher chegou mais perto e ficou olhando, sem dizer nada, aqueles dois estranhos saindo de sua horta. Então eu disse oi, e lhe pedi desculpas, e minha mãe explicou que havíamos alugado Can Grill, e a mulher fez ah, e deu um tapinha no lombo do cachorro. E ficaram um tempo falando, daquelas montanhas, do povo, das impressões da minha mãe, e a mulher disse que era açougueira, e minha mãe disse que iríamos lá comprar carne dela, claro, e enquanto falavam eu ficava olhando a mulher. Tinha uns olhos muito brilhantes. Muito bonitos. Tanto que dava vontade que eles olhassem para você e que ela lhe dissesse coisas, porque ela não sorria, mas seus olhos brilhavam muito, como se sorrissem por dentro. E o resto do rosto era rude, vulgar, e não que não fosse bonita, é que era um rosto de feições como de mamífero grande, como de cavalo ou vaca, e os olhos eram muito, muito bonitos, e talvez pelo fato de o rosto não ser tão bonito quanto os olhos é que os olhos pareciam mais bonitos ainda, e o fato de não ser bonita, de não sorrir e de falar devagar fizesse você querer que ela dissesse mais coisas. Era mais nova que minha mãe, devia ter cinquenta anos, talvez mais, talvez menos. Vestia uma camiseta azul de manga curta e tinha os braços roliços, cheios de pintas. O cabelo dela era exatamente da mesma cor dos olhos. E eu os fitava o tempo todo e eles quase que me assustavam, quando olhavam para mim. Então estendeu a mão e disse que se chamava Mia, e a cachorra ficava passeando por entre as pernas, e ela disse, deixa ela cheirar, deixa ela cheirar, que assim depois ela reconhece vocês. E então nos convidou para tomar um café, e minha mãe disse que não, muito obrigada, outro dia, quem sabe. E ela disse, certo, outro dia, então. E minha mãe voltou a dizer que iríamos ao açougue dela e perguntou, apontando para as galinhas, se ela também vendia ovos, e a Mia disse que sim, mas que não eram os das suas galinhas. E então fomos embora, pelo caminho da frente, porque não nos atrevemos a enveredar de novo por sua horta. E quando descíamos pelo caminho, que era mais longo e mais transitável do que subir direto montanha acima, minha mãe falou que tinha gostado da vizinha, e eu disse que também.

 E fomos ao açougue. E vimos que também vendia leite e queijos, e frutas secas, e biscoitos, e massas, e compramos um monte de coisas. O açougue tinha cheiro de carne crua muito boa, de hambúrguer de frango e de linguiça suave e deliciosa. E minha mãe dizia, quinhentos gramas de carne moída e umas quantas costeletas de porco, assim, para fazer macarrão na caçarola, e blá, blá, blá. E eu morria de vergonha. Como se não quisesse estar ali, aos trinta e três anos, comprando carne moída com a mãe. E gostei um pouco de ficar mordido de vergonha. Eu me afastava e olhava a rua pela vidraça, e então minha mãe comprou os ovos que não eram das galinhas da mulher, e eu gostei daquela vergonha, quente e enroscada dentro, que fazia muito tempo que não me mordia, como fazia muito tempo que nada me mordia.

Por isso, subi para vê-la depois, pelo caminho da frente. Sozinho. Primeiro, pensei em subir sem a bengala e depois fiquei com medo de cair. Não disse à minha mãe que estava indo lá vê-la, falei que queria sair para andar um pouco, depois da caminhada que já havíamos feito juntos naquele dia. E subi até a casa, devagar, porque fazia tempo bom, e porque o caminho era longo e não queria me cansar, e não queria suar. Quando cheguei diante da casa, vi o cartaz que diz Matavaques, que no primeiro dia não havia visto, e gostei do nome daquela casa. E então apareceu a cachorra, que se aproximou correndo e latindo, e pensei em deixar a bengala no chão, mas depois disse, Lluna, e ela abanou o rabo e latiu mais um pouco, mas sem me olhar, e então se pôs atrás de mim, como que dando permissão para eu entrar na propriedade. Quando cheguei à porta, pensei que talvez ela não estivesse em casa, e que talvez devesse deixar um bilhete, mas que seria estranho deixar um bilhete, e então bati, com o punho, porque não tinha campainha. Quando abriu, não fez cara de surpresa, nem cara de oi, mas sorriu um pouco dessa vez, ou quem sabe eram apenas os olhos, que brilhavam como se fossem de vidro, e então eu, que queria dizer alguma coisa, alguma coisa que havia pensado por todo o caminho, disse:

— Oi.

E ela:

— Bom dia.

E como eu não dizia mais nada, emendou:

— Quer entrar?

E entrei, e a cachorra também.

Agora, às vezes, quando estou num lugar novo, fico cutucando a cicatriz por baixo do cabelo. É uma cicatriz como um pássaro. A casa parece grande por fora, mas, por dentro, é pequena como a nossa. Ela não teria parecido uma mulher atraente, numa cidade. Pareceria uma mulher estranha, ou uma mulher comum, ou sei lá o que, mas ali, com o cachorro e os galpões de ferramentas atrás da horta, e as galinhas, e as árvores, e o açougue, ali na cozinha, era uma mulher que dava vontade que ela soubesse quem você era. E então pensei que precisava parar de olhar para ela e de pensar se era ou não atraente. E de olhar os seus peitos, e o pescoço, e a nuca, e tentar descobrir o que eu queria dela ou por quê. Chega, pare. E depois pensava que fazia tantos e tantos dias, e meses e tempos que não surgia dentro de mim a vontade de nada, e que eu não achava nada nem ninguém atraente, que então disse a mim mesmo, vamos, Oriol, vamos.

E sentei na cozinha, e ela preparou um café e perguntou:
— E você faz o quê?

E fiquei com medo de que ela me perguntasse coisas, e não sabia se poderia contar todas as coisas. E disse a ela:
— Estou escrevendo um romance — que é a brincadeira que eu faço com os amigos. E assentiu e não falou mais nada, não perguntou qual era o tema ou sobre o que eu escrevia, e olha que eu já tinha uma boa resposta pronta, e então eu disse: — É brincadeira. Estou em recuperação — e ela mexeu de leve a cabeça e acendeu o fogo do café, e também não perguntou, recuperando-se do quê? Trouxe xícaras em uma tábua de cozinha, e me senti à vontade, e, quando me senti à vontade, o cachorro veio me dizer coisas e eu acariciei seu focinho suave, seus olhos escuros me olhavam desinteressados e afáveis, e perguntei:
— Quantos anos tem?

E falou sete. E disse que era filha de uma cadela que tivera antes, filha de outra cadela, as cadelas eram uma tradição familiar. E disse que dera cria duas vezes, de cachorros dos vizinhos ou de cães do mato, e que das duas vezes ela doara os filhotes, que não queria filhotes, eles ficam mordendo tudo e estragando tudo, mas que agora, se a cadela engravidasse de novo, ficaria com um, uma fêmea, disse, para continuar a linhagem.

— Você mora sozinha? — perguntei, e ela disse, sim, moro sozinha, e o café ferveu, e, quando ela o serviu, eu disse: — Moro com a minha mãe — e ela deu uma risadinha. Eu não tomava mais café desde o acidente, e não me atrevi a dizer mais nada e tomei o café, e pensei que se naquela noite a ansiedade viesse, pelo menos teria sido desencadeada por uma coisa boa. E ela se sentou, e então perguntou:

— E então? — como se esperasse que eu pedisse alguma coisa.

— Ah, nada — eu disse —, vim só dar um oi.

— Para criar vínculos com os vizinhos. — Ela ria de mim. Dei um gole de café.

— Em que dias você trabalha? — perguntei.

— De terça a sábado.

— As pessoas não compram carne às segundas — eu disse, e ela achou engraçado.

E então falamos um tempão, e tomamos o café e dissemos muitas coisas. Elas vinham umas atrás das outras, e era estranho, porque ela falava só dela e da cachorra, e não falou nada de mais ninguém, e não era possível que não houvesse mais ninguém, e não comentei nada sobre quem eu era antes, nem sobre o acidente, e não era possível isso, porque tudo o que eu sou é por causa do acidente, e eu disse:

— Um dia vou lhe contar do que é que estou me recuperando. — Ela levantou a xícara de café como quem faz um brinde. Fui embora pouco depois, e a cachorra me acompanhou até metade do caminho.

E a partir desse dia, toda segunda-feira eu ia vê-la. No fim de tarde, porque de manhã eu passeava com minha mãe, e ela ia fazer sua caminhada com a Cristina, que é uma vizinha e amiga minha. Às vezes, eu ia num fim de tarde que não era segunda, mas quando começou a primavera, as segundas eram como meu fim de semana, como um presente ou uma sobremesa, e às vezes, com o café, ela me dava cerejas, ou nêsperas, ou pêssegos, ou amêndoas. E não contei que não tomava café, que estava tomando só porque era da casa dela, e porque gostava de visitá-la. E aquela visita era a interação mais humana, e mais constante, e mais longa, e mais tranquila que eu tinha, além daquela com a minha mãe. A Mia é feita de um equilíbrio como o das brasas, que deixa você tranquilo, faz você ter de novo vontade de rir e de tomar café, e que chegue o verão ou o outono, ou seja lá o que tiver de chegar. Seu rosto é como uma árvore, com dois olhos como duas joaninhas, e a boca, calada, e a paz que respira até, de repente, soltar alguma coisa ácida como se tivesse havido um fogo ali embaixo o tempo todo, que eu não tivesse notado.

E então uma tarde ela pegou uma garrafa de uísque e disse que aquele dia faríamos *carajillos*[14]. E eu não voltara a beber uísque nunca mais, e coloquei as mãos sobre a mesa e tomamos *carajillos*. O uísque abriu uma porta dentro de mim, e eu disse, era uma vez eu e a Clara, que dormíamos

---

14 Cafés "batizados" com algum tipo de bebida alcoólica, geralmente conhaque. (N.T.)

abraçados na cama. Era uma vez dois homens que entraram em casa. E um tinha um revólver e nos tirou da cama, e nos pôs de joelhos no tapete. E apontava o revólver na minha cabeça, e eu abaixei a cabeça como um cãozinho, e a Clara gritava, e o homem gritava mais alto porque queria nos assustar, mas já estávamos assustados, e de tanto gritar e de tanto ficar mexendo o revólver em cima da minha cabeça, disparou, e a bala entrou e saiu do meu crânio. E então pego a mão dela e ponho em cima do pássaro que é a cicatriz debaixo do meu cabelo. E, enquanto toca o pássaro, eu lhe dou um beijo, e então diz, eu poderia ser sua mãe. E outro dia dirá, não sou sua mãe. Separado pelas coisas que diz no meio dessas duas. E se ela me tivesse tido com dezenove anos, ou dezoito, não sei, mas imagino, poderia ser minha mãe. Mas nunca será minha mãe, mesmo que ela quisesse e eu quisesse, mas eu não quero e tampouco ela quer. Dou-lhe um beijo, e é um beijo na boca, e ela retribui, e me abraça, e, às vezes, ainda sou como era antes. E, outras vezes, sou como se nunca tivesse sido quem era antes, como se tudo tivesse escapado pelo buraco da cabeça.

Lluna

Do que eu mais gosto é quando assobia. Com os dedos dentro da boca. Porque então eu corro. Corro com toda a força, e pulo, e voo, como um passarinho desses que dá vontade de pegar com a boca, porque são bonitos e rápidos, e depois fechar os dentes e notar como os ossos todos se partem. Quando assobia, corro sobre a relva e pulo as cercas e as rochas. Em direção ao assobio, que sai da sua boca, entre os dedos. E eu correria, e saltaria por cima do carro, se preciso, e por cima da casa, se preciso, e por cima de todos os perigos. Passando por cima, e por dentro, e pelo meio de todos os obstáculos. A mil por hora, porque se fosse preciso salvá-la, iria salvá-la de todas as coisas ruins. Arrancaria o pescoço de qualquer animal que lhe quisesse fazer mal, de qualquer humano que lhe quisesse fazer mal, de qualquer coisa que a deixasse arrepiada, com o coração batendo rápido demais, suando o suor do medo. Rasgaria a carne deles a mordidas, e o sangue brotaria aos borbotões, e eu continuaria mordendo e estripando carne, com o focinho inteiro quente de sangue, e as garras enfiando-se mais e mais. Por isso corro sem dó, para salvá-la, e porque me chamou com um assobio e eu entendi. Porque gosto dela. Porque quando chegou, eu a salvei. E, às vezes, quando vou até ela, bufando, acaricia com suavidade minha testa e o lombo, e diz que fiz muito bem, e me diz coisas bonitas que eu não entendo, mas entendo, sim. E nesse seu toque há todo o seu amor, e na minha corrida para salvá-la há todo o meu amor.

A segunda coisa de que mais gosto são as suas mãos quando me tocam. E a terceira coisa, as crianças. As que já andam. As que conhecem todas as brincadeiras, e dão risadas, e têm umas mãozinhas que fazem umas carícias como de moscas limpinhas. Os meninos que pegaram as cebolas do cobertinho e jogaram todas em cima do telhado, também gosto deles. Gosto de todos, até dos que acabaram de nascer, como cogumelos, e não me deixam nem olhá-los. Todos, menos os que me atiram pedras.

As cebolas, ela que havia colhido da horta. E deixara secar em cima da mesa de fora, todas amarradas e prontas para dependurar. E os meninos chegaram. Fazendo a maior festa. E dando risada, e eu saltando em volta deles porque tinham vindo me ver. E o menino engraçado da cabeça redonda como uma bola e cheiro de salaminho pegou a primeira cebola. Para brincar. E então todos os outros também pegaram e todos os outros também jogaram. E quando me jogavam uma cebola, eu ia buscar e mordia, e o sumo da cebola se enfiava debaixo da minha língua, ardido como a água de um charco. Ficaram jogando as cebolas para o alto, bem alto, e mais alto ainda, porque ela não estava em casa e porque era divertido. Porque eram redondas, e brilhantes, e bonitas, as cebolas, e porque ficavam encalhadas no telhado e se espatifavam contra a parede da casa, e porque era uma travessura e uma transgressão, e porque o jardim inteiro ficava cheio de cascas, como se todos tivéssemos comido ao mesmo tempo, e porque era excitante de fazer e divertido de ver. E eu estava tão feliz por eles terem vindo me visitar, todos os meninos da vizinhança, que tinham cheiro de merenda e de suco doce de beber, daquele que ela diz, não, Lluna, esse não é pra você beber, isso você não pode beber. Ficam tão longos os dias quando ela não está em casa, tão longos que parecem uma vida inteira. Ela sempre volta, e isso eu já aprendi, que ela sempre volta, mas, às vezes, ainda fico imaginando que não vai mais voltar e então sofro. E choro sozinha. Choro, e choro, e choro, e ninguém me escuta.

Quando acabaram as cebolas, os meninos foram embora. Eu não fiquei impaciente por muito tempo, porque logo ela chegou, então eu disse, viva, viva, viva! E pulava de alegria, e ela desceu do carro, e fiz a maior bagunça no meio das pernas dela e então vi o quanto ela estava brava. Primeiro me olhou como se fosse tudo culpa minha. E depois viu as cebolas em cima do telhado. As cebolas espatifadas contra a fachada. E não podia ter sido culpa minha. Passeava entre as cascas e punha as mãos na testa para fazer viseira e olhar para cima, para os telhados, e olhava todas as cebolas que tinham ficado grudadas e destroçadas, e então ouvi, muito antes que ela ouvisse. Os meninos estavam voltando! Voltavam e, dessa vez, falavam baixinho e com tristeza. E reparei que vinham com as mãos juntas. De cabeça baixa e já não riam mais. Vieram e eu queria voltar a brincar, queria brincar com todos, com os meninos e com ela, todo mundo junto. Mas a ocasião pedia maior severidade da minha parte e me sentei. Os meninos chegaram mais perto e ela foi recebê-los, e os meninos pediram desculpas por terem estragado todas as suas cebolas, e pediram desculpas, com o rabo entre as pernas, por terem jogado as cebolas no telhado, e pelas paredes da casa e pelo jardim. E ela disse coisas com aquela voz de quando eu não consigo mais resistir e fico roendo sapatos ou provando as coisas que ela joga no lixo. E então fez os meninos recolherem as cascas do jardim. E quando eles foram embora, decidimos perdoá-los.

A quarta coisa de que mais gosto é experimentar tudo. Preciso ficar atenta, ser silenciosa e esperta quando experimento coisas, porque ela sempre fala, não, juízo, juízo, Lluna, e às vezes alguns ossos, e algumas sobras deliciosas, mas melão, não, melão, não! E o melão é a delícia mais refrescante deste universo, e pão, não, pão, não! E vinho, não, e cerveja, não, e pedras, não, e cocô, não, e eu que quero provar tudo, porque tudo tem um gosto e todos os gostos são diferentes, e até as coisas que são a mesma coisa têm sempre gostos diferentes, e eu quero tudo, mesmo que ela diga, não, isso, não, isso, não. Eu quero. Bebem café e dizem aos cachorros, não, você não pode beber, mas eu posso beber de tudo. Café e licor, e suco e vinho. Tudo. Hoje veio o homem da bengala e ficaram tomando café. E uísque. Não, você não pode, Lluna, não... dizem e dão risada. E continuam rindo, e quanto mais copos tomam, mais sentam perto um do outro. E juntam as bocas, ela e o homem, como quem bebe água de uma fonte, como quem tem muita muita sede e muita fome, e então se levantam e já não querem mais café. Quando não estão vendo, provo o café e o licor, silenciosa, sem quebrar nada, sem fazer barulho, hummmmm... e eu já não sei mais o que quero, se é beber café, agora que estão indo embora, ou se é roer a bengala, agora que ele a largou aqui, ou se é ir com eles, agora que se enfiam no quarto. Se provar o café, se roer a bengala ou se... Entramos todos no quarto. E então eles descobrem a pele, que sempre preferem cobrir com roupas, como se, por não terem pelo, sentissem sempre frio, e então aparecem os cheiros. Os cheiros que eles exalam são excitantes e dão alegria, e eu gosto e quero prová-los. São cheiros úmidos, porque é nos lugares úmidos que ficam todos os cheiros. Tiram as roupas depressa. Debaixo dos braços são acres e ásperos. Nos sexos, os cheiros são intensos e pungentes, e penetram na língua e no nariz, e dá vontade de poder cheirar mais, e dá vontade de prová-los por medo que acabem, porque o cheiro dos sexos desperta a sede, e a curiosidade, e a vontade de copular. As bundas têm um cheiro divertido e apurado, muito mais interessante que o cheiro dos pés, que é sem graça e, na verdade, é o cheiro dos sapatos, e os sapatos são mais divertidos de morder pela forma de rato que têm do que por um gosto ou cheiro bom.

E então se tocam com as mãos. Com as mesmas mãos que me tocam. E se fazem carícias, como as carícias que me fazem na cabeça, só que nos peitos, que são volumosos como os das vacas e não como os das cadelas ou das gatas, e nas bundas, que são claras, de animal sem pelo. Acariciam-se com força e com ritmo, como quem procura uma coisa enterrada. E os sexos crescem e ficam vermelhos, e o cheiro que exalam é ainda melhor e mais úmido. E fico contente porque estão contentes, porque são mãos para todo lado e sons para todo lado, e quero que o cheiro penetre bem dentro do meu focinho e fique ali para sempre. Quero que venha um cachorro para copular também. E dou voltas para vê-los, e ver os sexos, que sempre ficam escondidos e que, quando não estão escondidos, são pequenos e estão tranquilos e marrons. E agora estão inchados, molhados e vermelhos, e se enfiam um dentro do outro, e se movimentam, dentro e fora, dentro e fora, e agora os vejo e agora não, e agora os vejo e agora não, e se abraçam ventre com ventre, não de costas, e quero enfiar o focinho bem ali onde fazem a cópula porque o cheiro é tão bom e o gosto deve ser bom também, e então ela diz, Lluna!, Lluna que sou eu e só eu!, e eles se soltam e o cheiro inunda tudo, e ela levanta e me pega pelo pescoço e me arrasta. Eu preferiria ficar. Lambo os joelhos dela pelados, e ela me puxa. E quando estou fora, já sei, vai fechar a porta, e fecha. Num primeiro momento, fico atrás da porta, porque os barulhos que fazem são agradáveis e porque ainda tenho as narinas inundadas pelo cheiro. Mas depois penso que, lá fora, a brisa deve ser fresca e já imagino os camundongos, entre a relva, saindo porque a noite é tranquila e fresca. E já imagino os gatos, escondidos esperando por eles. E se tem gato escondido, gato malicioso, gato chato e feio, gato nojento, é preciso afugentá-los, é preciso persegui-los, é preciso matá-los.

IV

O urso

Sou o urso. Sou o urso. Somos os ursos. Dormíamos um sono muito longo e acordamos. Viemos procurar o que é nosso. Viemos reclamar o que é nosso. Viemos vingar o que era nosso e nos foi tomado. Minhas patas batem na terra. Acordem, homens que nos perseguiram. Minha boca se abre, feroz, e saem bramidos roucos e profundos de animal raivoso. Tremam, homens que nos mataram, que nos esfolaram e nos expulsaram. Homens e mulheres que, depois, vaidosos, tranquilos, riram. Riram porque eram muito valentes. Todos juntos. Com essas patas raquíticas e brancas que matam traiçoeiramente. Com essas armas pequenas, inofensivas, que matam traiçoeiramente. Aqui estávamos nós. Primeiro. Muitos antes dos homens e das mulheres. Chegamos primeiro, e estas montanhas, este frio, este céu, este bosque e este rio, e tudo o que há dentro, peixes e folhas, era nosso. Éramos os donos. E então vocês chegaram. Homens repulsivos que matam aquilo que não comem. Homens que tudo querem, que tudo pegam. Vieram com suas ovelhas covardes, e suas vacas covardes, e seus cavalos covardes. Rujo. Construíram os vilarejos ao pé das montanhas e disseram que as montanhas eram suas. Saqueadores. E que éramos forasteiros, forasteiros em nossa própria casa. E, então, toca matar. Só os animais covardes matam o que não comem. Grito mais e mais forte, e vejo, no fundo do vale, o vilarejo. Tremam, animais medrosos. Animais gregários. Inimigos. Rebanho covarde e assassino. Olham para mim amedrontados, do alto do castelo, os que ali se congregam. Correndo de um lado a outro, punhado de galinhas. Salto, e grito, e atiro ao chão um homem, como uma ovelha. Sob o peso do meu corpo imenso, fedido, bruto e selvagem, ele se debate. Não vou comê-la, coisa trêmula. Por mais que eu estivesse morto de fome e de tristeza. Nem que fosse despertado do inverno mais longo e não restasse nada para comer neste mundo, não te comeria. De você quero apenas o medo. Grita mais forte. Grita. Grita! Rolamos, e soam os tiros. Estou cego de fúria. Cego de emoção. Cego de fome depois de tanta sonolência. Cego dos golpes na cabeça, obcecado de violência. Louco em meu despertar de fera. Vilarejo maldito, vilarejo meu. A fome dos ursos, quando despertarem, devorará todos vocês. Devorará todos nós. Tão orgulhosos. Pois riam, enquanto puderem rir. Gritem, enquanto puderem gritar. Os ursos irão despertar com a primavera, e será uma primavera feroz. Uma primavera ufana e mortífera que reclamará o que é seu, aliada dos ursos, e reconquistará os campos semeados e as pedras dispostas umas sobre as outras. As ervas daninhas irão desfazer sua obra. O verde irá desfazer sua obra. As árvores aliadas do tempo, a relva aliada da morte. Ah, sem dúvida, o dia chegará. Despeçam-se. Quando os ursos voltarem e reclamarem o que é deles, vocês deixarão de rir. Assim que acabar este inverno asqueroso e eterno, e os ursos não forem o sinal de uma primavera que lhes pareça propícia, mas de uma primavera que lhes escapa. Que os encurrala e os expulsa. Não cantarão mais. E grito forte. Rujo como a fera maldita que me domina, que me possui no fundo das entranhas. Sou seu medo que desperta uma vez por ano. Ressoam os tiros. Os tiros que são meus amigos. Como os aldeões, que são meus amigos. Que seriam meus amigos se eu não fosse um urso. Hoje sou urso e não tenho compaixão nem dos velhos. Bebo o suco da uva como se fosse mel e bagos macios. Como se fosse o sangue das trutas e das ovelhas. Como se fosse o medo dos que morrem sob minhas garras. Quero mais corpos debaixo do meu. Quero coices, e berros, e contorções, quero ossos e carne, quero gritos, e suor, e golpes. É meu dever de urso. Um urso tem que ser feroz. Um urso tem que ser temido e fazer direito seu serviço. Louco de tanto medo, tanta raiva, tanta solidão e tanta humanidade. O urso tem que esquecer o que era antes e o que será depois, e ser apenas um bicho, tornar-se apenas o urso e ser o urso para sempre. Grito mais alto. Mais alto. Garras erguidas, patas erguidas, braços erguidos. Festa terrível, festa linda, festa selvagem e maldita, festa de aldeia maldita. Meus vizinhos. Meus companheiros. Que me escolheram. Sou o urso graças a vocês. Somos os ursos graças a vocês. Somos o medo por escolha sua. Muita honra ter sido escolhido. Pulo e rujo, descendo pela encosta do castelo. Homens e mulheres correm à minha frente. Atrás de mim, escondem-se homens, mulheres e crianças. A criançada chora. O vilarejo se abre como uma boca, e nós o reconquistamos. Pego outro corpo de homem e bebo o seu medo. O vilarejo era nosso antes de ser vilarejo. Agarro um corpo de mulher e bebo seu pânico. Reconquistamos o vilarejo como será reconquistado pelas ervas daninhas, quando chegar a hora. Grito. Reconquistamos o vilarejo como reconquistaremos a montanha, quando chegar a hora.

CRISTINA

Passeio com o rosto todo preto. Toda empertigada, como um peru. Exibida a não mais poder. Vaidosa, como se fosse uma bandeira de fuligem e de óleo de girassol. Brandindo o emblema de minha coragem depois da batalha. Maldito Jean-Claude e, ao mesmo tempo, amado Jean-Claude. Jean-Claude de merda! E, ao mesmo tempo, Jean-Claude amigo! Jogou-o para mim. Apareceu no meio da multidão, entre os seus três caçadores, e jogou-me o bastão duas vezes. Todos cantávamos, Lalalalalala, la-la-lalala! Eu e o Jean-Claude dançando. Me fez bem ao coração, porque não é sempre que eles jogam o bastão para as mulheres. E sempre lhe digo, em que ano será que teremos uma ursa mulher? E ele me responde, isso precisa mudar. Dançávamos, ou fazíamos algo parecido, dando pulos, como crianças, corridinhas, grunhindo e lançando a vara comprida de um lado a outro, toda preta e oleosa. O estômago me pulsava na boca. Vi meus filhos de rabo de olho, apavorados no meio da gente espalhada, a meio caminho entre o impulso de ir embora correndo e o de salvar a mãe. E então o Jean-Claude partiu pra cima de mim gritando feito louco, me empurrou no chão, deixando-se cair primeiro, como um travesseiro feito de ossos e sujeira, e me arrastando junto. Os caçadores fizeram três disparos para o ar, e nós dois rolamos uns bons dez ou doze metros pela encosta do castelo. Meus filhos se escondiam atrás da Mia e da Alícia, que gravava a queda. E o Jean-Claude, este ano, fez o urso. E eu desfilei como a primeira, o tempo inteiro, na frente e sem medo, para ter certeza de que ele me veria e me derrubaria no chão. E só faz um ano que conheço o urso!

Quando paramos de rolar, o Jean-Claude me lambuza as bochechas de preto. Chegam os caçadores e nos dão vinho do seu cantil de couro. Põem mais fuligem e mais óleo de girassol nas mãos dele, que unta os braços, a cara e o pescoço. Eles me erguem. É a festa do urso de Prats de Molló. Os caçadores dizem ao Jean-Claude quem ele deve atacar agora. Estão todos meio bêbados. Nós também. Não lembrava o quanto isso é primitivo, e bonito e divertido e excitante, tudo ao mesmo tempo. Há anos não vinha. A Alícia nunca tinha vindo. Por isso, fiquei passeando na frente o tempo todo. Para que a Alícia visse como me derrubavam. Para ver como a sua mulher é valente. A Mia, sim, já tinha vindo antes, com o Jaume. Uma vez, há muitos anos. Mas do Jaume não se fala.

Quando o urso vai embora, as crianças chegam perto e o Pere diz, mãe, você está bem? Eu lhe dou um beijo para manchá-lo de fuligem, mas o óleo seca depressa e já não suja quase nada. Pere ri e passa as mãos no rosto. Júlia também passa a mão nas bochechas dele e olha tudo com uma mistura de terror e diversão, como se a gente tivesse enlouquecido. Meus dois filhos lindos. Minhas duas crianças, que saíram de dentro de mim na mesma leva, primeiro um e depois o outro, como uma gota d'água de mar e uma gota d'água de montanha. Amarrotados e marrons como dois micos. A Alícia me dizia, você nos fez mães, você nos fez mães! E ficava segurando as costinhas deles com as mãos enquanto mamavam um em cada peito. O Pere e a Júlia continuam rindo e cobrem a boca, seguem em frente e depois recuam porque um dos três ursos ainda corre ali por trás. Ficam agarrados na minha malha por um momento. Como se voltassem a ser pequenos. Que loucos, dizem eles. Mãe, que doidona. Com uma ponta de orgulho. Que loucura. E eu me encho do ar fresco e feliz desse meio-dia.

Depois de rolar, vendo os três ursos no chão e olhando as crianças correndo, com este céu tão azul, este ar tão fresco e este sol tão quente, penso que fizemos bem em voltar. Não foi uma decisão fácil, mas fizemos bem em voltar. Tanto eu quanto a Carla, minha irmã, saímos daqui de cima, primeiro ela e depois eu, porque ela é quatro anos mais velha, assim que completamos dezoito anos, e com uma vontade desmesurada de fugir. Ela, tanto quanto eu, andava cansada dessas montanhas e dos meus pais, e desses camponeses e vizinhos, e dessas aldeias pequenas, esquálidas e vazias, sem discotecas nem museus que não fossem do enfadonho românico, nem nada. Sufocada com tão pouca corda. E com mais caixas do que cabiam em casa, cheias de granadas, de balas e de pedaços de fuzil. Com toda aquela asfixia que nos fazia escalar montanhas. Montanhas amigas. Jean-Claude e eu passamos a adolescência assim, subindo e descendo montanhas e colecionando pedaços de armas. Porque você tem catorze, quinze, dezesseis anos e sua vontade de fugir só aumenta. De ir embora daqui. De conhecer gente que tenha visto coisas. Coisas de verdade. De ver coisas você mesma. Você se envolve com metade dos rapazes do vilarejo, e isso não acende nenhuma faísca em você. Nada do que as pessoas têm a oferecer lhe interessa. E este lugar pesa como uma laje, como uma vaca nos braços. Tudo tão pequeno, tudo tão igual. Eu só queria sair. Só queria uma moto, que, é claro, nunca me compraram. Só queria ter um carro, e então cairia fora! Bom vento e barco novo. Mas, como dizem, a gente roda, roda e volta pro mesmo lugar. E então um dia, vinte e poucos anos depois, você senta à mesa com a sua mulher, vocês têm dois gêmeos de cinco anos com um olho de cada cor. Os dois. Lindos. Um olho que puxa mais para o amarelo e o outro que tende para o verde. E Alícia lhe diz, acho que conseguiria viver lá no seu vilarejo. Essa barcelonesa linda! E você reflete um pouco, e pensa que também poderia voltar para casa. Que a Cristina de dezoito anos tentaria estrangulá-la, mas que você, com seus trinta e nove, poderia. E os pais sempre falavam disso, de arrumar o andar de cima para vocês. E as crianças são pequenas e ainda dá tempo de mudá-las de escola e de ambiente. E você está farta de Barcelona, tão farta quanto é possível estar do seu apartamentozinho no bairro de Sants. Que funcionou bem enquanto durou, mas talvez já seja hora. E então arrumam uma vaga para a Alícia no Instituto de Ripoll e pronto. Vinte e um anos depois, com mulher e filhos incluídos, Cristina volta para casa.

A Júlia, que é a mais velha por três minutos de diferença, gosta de história, como eu. Dessa história que jaz meio enterrada a nossos pés. E é como um touro essa menina, não se cansa e não reclama, ainda que você fique subindo e descendo penhascos por cinco horas. Mas eu já estou vendo que as granadas e as armas da retirada, que é do que eu gosto, é o que eu colecionei a vida inteira, para ela tanto faz, tanto fez. A Guerra Civil, que coisa chata. Para ela, os povoados ibéricos. Para ela, os pregos das alpargatas romanas. Para ela, a navalha celta que encontramos. Os antigos, diz ela. Os antigos de verdade. E então vem o Pere, que não tem paciência, que quer tudo aqui e agora, mas que faz você mijar de rir. Que me diz, mãe, quero ir com você encontrar revólveres. Ou Cris, porque às vezes me chama de Cris, e não sei se gosto disso ou não. Cris, quero ir com você encontrar revólveres. E eu lhe digo, os revólveres são difíceis de encontrar, o que a gente talvez possa encontrar são balas ou, no máximo, granadas. É preciso muita sorte para encontrar um revólver quando você só sai para procurar coisas a cada dois anos! Que é a constância o que enche as caixas. Os soldados que fugiam mal sentavam e já lhes caíam algumas balas do bolso. As granadas, a mesma coisa. Meus olhos de falcão conseguem vê-las, mesmo sem querer, as granadas e as balas. E não perderam essa habilidade. Mesmo que seja uma granada mais parecida com uma pedra que as próprias pedras do rio. Mas os revólveres... Ah, os revólveres e as peças de metralhadora e os fuzis são outra coisa. São como as trufas.

Eu não tinha me dado conta de que sentia falta de tudo isso. Que gostava de verdade de tudo isso. Quando fui embora, quero dizer. Que não era apenas uma maneira de fugir, essa coisa de percorrer bosques, e colecionar armas enferrujadas, e balas, e granadas, e cintos, e patacas, e tudo o que foram deixando as pessoas tristes e desesperadas que cruzavam essas montanhas quando perderam a guerra. Foi assim que conheci o Jean-Claude. Nos bosques. Ele, sim, tinha uma moto e ia aonde queria. Encontramo-nos no meio do bosque. Bem jovens. E com toda a sua generosidade, o Jean-Claude disse, olha o que eu encontrei. Primeiro em francês, depois em catalão. E me mostrou um revólver pequeno, de bolso. Vermelho de tão enferrujado. Lindo. Tão bonito que eu não teria mostrado nem ao meu pai. Ele tinha um revólver, e eu tinha um detector de metais. E acho que ele ficou até mais interessado no meu detector do que nos meus encantos. E ficamos falando e falando, e procurando e achando granadas e balas. E o Jean-Claude nunca havia usado um detector, e eu lhe mostrei como era a musiquinha, que tem um bipe e um tom e um jeito de soar para cada metal. E, no final do dia, me deu o revólver. Ainda o guardo. Muito burro, ele. Achou que a gente fosse namorar. E até andamos nos beijando e dando uns amassos de vez em quando, mas, veja bem, nada de mais. Agora é o padrinho dos meus filhos. Passei anos, dos catorze aos dezoito, trepada na garupa da moto do Jean-Claude, sem capacete, aos solavancos, pra cima e pra baixo da estrada. Vasculhando bosques como duas cabras e juntando caixas e caixas de plástico daquelas lojas de 1,99, enchendo-as de balas, de granadas e de pedaços de armas. E quando fui embora, dei a ele o detector de metais. E não sei se chorava porque eu estava indo embora ou pelo generoso presente. Por isso, se agora meu pai diz que quer um drone, então é um drone que vou comprar para ele. Daqueles que gravam. Diz que quer fazê-lo descer pela encosta até o rio e varrer a montanha inteira, que vamos encontrar mil bichos e ver um monte de coisas. Que pode servir para controlar os terrenos e os caminhos, argumenta. E Pere diz, vô, aposto que, no primeiro dia, você vai enfiar o drone no rio! Meu pai, tadinho, que pagou metade do meu detector de metais.

Continuamos descendo com a multidão lambuzada de fuligem. Quando somos obrigados a aguardar, pela aglomeração de gente que entrou no vilarejo, a Alícia passa os dois braços pelo meu pescoço. Vamos praticar, me dizia ontem. Cristina, se o urso me jogar no chão, esgano você, dizia. Eu ria. As crianças riam. Não precisa ter medo, eu explicava, o urso só derruba quem quer ser derrubado e quem ele conhece. Descemos até o prado, à beira do rio, todo coberto de neve. Um palmo e meio. E hoje, no lado da França, quase não há rastro. Eu bancava o urso. Aaaaaggghhhh, gritava, e abraçava todos mortalmente. Agarrava-os com toda a força dos meus braços e me jogava de costas no chão, deixando que caíssem em cima de mim. Riam que nem loucos. A adrenalina batendo na moleira. Aaaaaggghhhh, eu fazia. Aaaaaaahhhhh, faziam eles.

    A Mia chega perto e diz, Cristina, tô apertada. Eu também! Vontade de fazer xixi. Muito xixi, de tanta cerveja. Meninos, vamos fazer xixi? Mas os gêmeos não estão a fim. Nem a Alícia. Afastamo-nos do pessoal, a Mia e eu. Recuamos pelo calçamento de pedras na direção contrária dos ursos. A fila nos bares não acaba mais. Continuamos descendo, atravessamos a praça, onde umas pessoas bebem licor de anis para recuperar as forças. Os castanheiros, a prefeitura. Antes de atravessar a ponte, viramos à esquerda, pegando a descida que leva à piscina. Há carros estacionados por todo lado. Tão grudados uns nos outros que parecem uma barragem. Não tô aguentando mais!, exclama a Mia. Nos enfiamos atrás de um jipe grande e preto. Tiro um pacote de lenços de papel. Um pra mim, um pra ela. Abaixamos calças e calcinhas e ficamos agachadas, e com as bundas brancas rente ao chão, mijando duas fontes, dois jorros, que fazem pssss. Achamos graça da intimidade do momento, com as vozes ao fundo, e imaginando a cara que o dono do jipe faria se de repente nos flagrasse ali...

 Perguntei à Mia, pouco depois de vir morar aqui em cima, se ela queria sair para fazer uma caminhada comigo, às segundas de manhã. Gosto de me enfiar pelos bosques, mas o interessante é que gosto mais ainda se tiver companhia. E precisava muito de outra amizade aqui no alto desta montanha. Ela me olhou como se eu fosse de outro planeta. Para começar bem a semana, eu disse. Sabia que ela não abria o açougue de segunda, e eu trabalho em casa, e faço e desfaço meus horários do jeito que quero. Podemos experimentar, respondeu. E experimentamos, e agora toda segunda-feira fazemos as caminhadas. Religiosamente. Pode até ser segunda-feira de Páscoa. Não nos conhecíamos muito, a Mia e eu, antes de eu voltar. Digo assim, em profundidade. A gente se conhecia como vizinhas. De quando éramos crianças. De eu ser uma menina, e ela, uma adolescente e depois uma moça. Era muito bonita. De uma boniteza que você não percebia se não reparasse bem. Eu queria ser um pouco como ela, bonita, mas valente, com uns braços roliços e sensuais, e queria ter um namorado como o Jaume, de quem eu gostasse como os dois se gostavam. Ou não. Esqueça o Jaume. Eu gostava era da Mia. Gostava de um jeito meio safado, antes mesmo de entender isso. Ela tem uma coisa muito sensual, a Mia. Muito íntima. Muito de fazer você querer que ela leve você em conta. Ainda gosto agora, mas não mais de um jeito sexual. A Alícia é o meu amor eterno. Infinito. A mãe dos meus dois filhos. E eu e a Mia viramos boas amigas. Mesmo que um dia ela diga, meio agressiva, muito séria, de uma seriedade fria como uma navalha: "Não. Não quero que você fale do Jaume. Não vale a pena". E deixe você assim, com o coração na boca, assustada por ter se metido na vida dos outros. Com o punhado tão grande de perguntas para fazer que eu tenho. Perguntas sobre o tempo em que se amavam. Sobre a sede de amor que eles me despertaram quando era menina. Sobre a morte do Hilari. Sobre onde anda o Jaume agora. E sobre se voltaram a se ver. Toda a curiosidade abrindo caminhozinhos e mais caminhozinhos por dentro de mim como cupim. É esperta, a Mia, e escolheu estas montanhas. E não reclama. Mesmo que toda essa história do Jaume seja muito triste. E a morte do Hilari, uma grande merda. Um desastre. Melhor não pensar nisso.

 Mas fico encantada com a Mia e o Jean-Claude. Quando estão juntos, quero dizer. Quando calha de estarem os dois em casa, ou quando jantamos e ficamos mais um tempo à mesa, sem pressa, com ratafia, que a Mia e a Alícia tomam com bons goles, e então a Mia pratica francês. Compara palavras. Como é mesmo que se diz *finestra* em francês?, pergunta a ele. *Fenêtre*, diz o Jean-Claude. Claro, *fenêtre*. *Finestra, fenêtre*. Como é que se diz *aixeta*? *Robinet*. Que bonito, *robinet*. Não parece nem um pouco, mas dá para entender, *robinet*. O Jean-Claude com aquela santíssima paciência dele. E eu insinuo à Mia: "E o Jean-Claude, que tal?". E ela faz com a mão como quem espanta moscas. O Jean-Claude? Nada. Faz um tempo que a Mia anda com um vizinho mais novo. Não comenta muita coisa a respeito, mas, às vezes, cruzo com ele, às segundas, quando voltamos da nossa caminhada. Um rapaz estranho. Anda de bengala. Muito bonito. Oriol é seu nome. E, olha, se não parecesse bem, poderia comentar alguma coisa com ela. Mas ela parece bem, então não se comenta nada. Ela contou isso antes de dizer:

"Não. Não quero que você fale do Jaume. Não vale a pena". A Mia murmurou: "Chamávamos vocês de duendes do bosque e imaginávamos que eram de magia". E rimos, as duas, porque sabíamos do que ela falava, um riso infantil e encabulado. O riso da transgressão. "Fazíamos de conta que vocês traziam sorte." Riso de criança que corre pela fronteira entre o que sabe, o que não sabe e o que intui. Ela, morta de vergonha de explicar que eles deixavam a gente ficar olhando os dois. Eu, cheia de vergonha de admitir que os olhávamos. Ela e o Jaume se abraçavam, se beijavam, se lambiam e tiravam a roupa, no meio do bosque. E eu e minha irmã Carla ficávamos escondidas espiando. E a gente entendia, mas não entendia. Bem, abrindo o jogo, a gente entendia mais do que fazia crer. Eram tão lindos, as peles tão claras, como um pedaço de mármore. O jeito de se mexerem despertava uma emoção que ainda não conseguíamos situar. Era um jogo. Uma aprendizagem. Uma evolução do jogo de espiar os pais, que virou o jogo de espiar os vizinhos quando iam até o bosque se apalpar. Que vergonha. Mas quem não fez algo assim quando criança? Que vergonha. Mas a confissão da espionagem no bosque criou uma confiança entre a Mia e eu, como se já fôssemos amigas antes e compartilhássemos alguma coisa, uma intimidade. Um afeto firme e cálido, que nem mesmo a frieza de seu "Chega. Não quero que você fale do Jaume. Não vale a pena" conseguia estremecer. Certo. Então, assunto encerrado, decretei. Vamos falar do Jean-Claude, e ela achou graça e me cutucou o braço. Vamos falar do tempo. Falar dos meus filhos. Falar da minha mulher. Falar desse clube de escrita que a gente vive dizendo que vai montar e nunca monta.

Terminamos de fazer xixi atrás do jipe, voltamos a subir, até onde estava o povo todo, procurando a Alícia e os meninos. Estou contente. E um tiquinho bêbada. Passo um braço pelas costas dela e a chacoalho. Miaaa!, grito. Cristinaaa!, responde. Agora vão chegar os barbeiros, todos de branco, e vão tosquiar os ursos.

A DANÇA DA AVEIA

Dou mais um gole de cerveja. A Fina não quer que a gente beba no trabalho, mas hoje ela não veio, a Fina. E o Quim, que é o outro dono e irmão dela, está lá fora, passa a noite fumando e mandando mensagens, e não se mete com nada. E eu bebo porque se não, neste bar, as horas não passam. E a Núria, que está lá dentro, no balcão, bebe, porque se não bebesse as cervejas, teria de arrebentá-las na cabeça dos que vêm aqui passar a tarde. Agora estamos só a Núria e eu no bar. Eu cozinho. Quatro linguiças, quatro lombos na chapa e duas costelas de cordeiro, e tiro o feijão das latas, e quatro mistos-quentes, ovos, batatas e salada, e depois limpo tudo. E quando tudo está limpo, saio da cozinha e vou servir cervejas para ajudar a Núria. Éramos três, antes. A Núria, eu e o indesejável. O indesejável se chamava Moi. O Moi era de Sant Hilari. E era a escória, pelo jeito como ele olhava a Núria, toda vez que ela virava de costas, e pelo jeito de falar e de pensar. Um dia, quase mato a escória e volto pra prisão. E olha que eu não queria matá-lo. Estava fritando um frango empanado e congelado, eu, e a escória zanzava pela cozinha e não tinha nada que ficar lá na cozinha, nem que meter a mão em todas as panelas e então, dá-lhe, levá-la até aquela boca asquerosa. Precisava era cuidar do bar, com a

Núria. Mas, por causa daquela idiotice dele de enfiar a mão em tudo e ficar sempre ali pelo meio, como uma hiena, pra ver o que dava pra saquear, e aquela mania de nunca sair do caminho, como se fosse uma pedra, um dia ele trombou comigo e me fez derramar óleo fervente na perna — ainda tenho a marca. E com a dor e a ardência e a raiva, fiquei louco. E pensei, filho da puta, essa vai ser a primeira e última vez que você me queima, e a última vez que entra na minha cozinha com essa cara de rato. E peguei o cabo da frigideira com as duas mãos e bati com toda a força contra a parede da cozinha, pra fazê-lo se cagar de medo. Não queria acertá-lo. Juro que não queria acertá-lo. Só queria vê-lo se cagando de medo. Mas acabei arrebentando a frigideira nas costas dele em vez de acertar a parede. Com toda a fúria. Com toda a raiva. E foi a nocaute, o homem. Como um saco. Alto e seboso como era. E achei que o tinha matado. E pensei, Deus do céu, Deus nas alturas, Jaume, o que você fez? E então vi um caminho escuro de cadeiras de plástico, e de delegacias cinza, e o jeito feio de andar dos policiais, e o andar arrastado dos guardas, e os vidros grossos, e a sujeira nos cantos, e lajotas como as das escolas, dos hospitais, só que milhões de vezes mais tristes, se é que é possível. E, de repente, ele se mexeu. Se eu tivesse acertado a cabeça ou o pescoço, teria matado o cara. Gritava como uma galinha. Gritava como a hiena que era, como uma mula, gritava, gritava e gritava, você ficou louco, dizia, ficou louco, ficou doido como uma cabra, seu filho da puta, com os olhos desorbitados, aterrorizados, e de tanto medo acho que nem devia sentir dor. E então, com a frigideira na mão, curvado em cima dele, pensei que podia fazer duas coisas. Recuar e pedir desculpas, e explicar isso à Fina e ao Quim, e adeus emprego, e me humilhar e ter que pedir desculpas todo dia e para todo sempre. Ou podia seguir adiante, como se nada tivesse ocorrido, continuar, dar mais uns três passos, porque, na realidade, eu não o matara, ele não poderia se mexer por uma semana, mas estava vivo, porra. E me agachei e falei baixinho no ouvido do rato: "Da próxima vez que você entrar na minha cozinha, eu te mato". E ele repetia, você está louco, está louco, está louco, e, no dia seguinte, pediu demissão. E agora somos só a Núria e eu cuidando do bar. A Fina vem de vez em quando para dar algumas ordens e preparar uns gins-tônicas para ela. E Quim vem para tomar cerveja, fumar lá fora e mandar mensagens para as mulheres. E estamos bem.

Tomo mais um gole de cerveja. Os melhores jantares são os que eu faço para mim e para a Núria. Ao contrário do que acontece em todos os restaurantes do mundo, que servem massas e arroz para os funcionários, como se fossem pombos, para encher barrigas baratas. Não, agora que somos só a Núria e eu, faço jantares melhores que os daqueles que pagam. Preparo pra ela saladas com vinagrete e, às vezes, compro um *magret* de pato pra nós dois. Pago do meu bolso se for preciso. Ou guardo o filé mais escuro pra ela. E lhe digo para não fumar tanto, porra, como se eu fosse sua mãe. Não tem nem vinte e cinco anos, por que caralho precisa fumar desse jeito? Aqui todos fumam, como se a proibição de fumar nos bares e as imagens horríveis nos maços de cigarro nunca tivessem chegado por aqui. Até os meninos de treze anos fumam, como idiotas. Até dentro do bar, depois que fechamos, já passando das três da manhã. Ficamos em uns quatro ou cinco aqui dentro, ou só eu e a Núria, reabastecendo as geladeiras, e então fumamos e bebemos. Até eu fumo, apesar de todo o meu asco por cigarro. Mas, de manhã, acordo na hora do mesmo jeito. Tenha bebido e fumado ou não. Aí vou dar uma andada ou fazer o que tiver de fazer. Porque se você não acorda cedo e vai andar um pouco, esses trabalhos noturnos apodrecem sua alma. Só de beber e fumar e de ouvir as histórias de gente infeliz. Porque é pior do que estar na prisão. Se bem que não é verdade, e não fica bem dizer isso. Este lugar tem coisas boas. O Montseny, o primeiro e mais importante de tudo. O Matagalls, as Agudes, todas as fontes... Em segundo lugar, as pessoas, que são gente boa e tudo mais, mesmo os infelizes que vêm aqui no bar. Porque a Fina sabe que eu estive na prisão por ter matado, e na maioria dos lugares isso seria suficiente para você não ser aceito, mas aqui não. Em terceiro, é que você pode ir aonde quiser, quando quiser, ainda que depois não vá. Decidir a que horas levanta, quando caga e quando come. Não poder decidir essas coisas é viver um pouco como um cachorro. É por isso que eu não tenho cachorro, e olha que eu gosto de bicho, mas um cachorro é um prisioneiro do seu dono, não decide nem quando come, nem quando caga. E, ainda por cima, é obrigado a gostar do dono. Dou mais um gole. Esta montanha não se parece com as de casa e, ao mesmo tempo, se parece mais do que muitas outras, porque são da mesma terra. Ah, sim, eu estava pensando no povo destas bandas, que é gente boa. Viro a linguiça do Miquel Gras e bebo mais. Porque no final das contas a Fina, que não me deixa beber, é uma boa moça e, quando não fica se preocupando demais, é até divertida, e me mantém aqui, e vão passando os anos e tudo segue bem. O Miquel Gras, esse da linguiça, bem que podia encher a boca de linguiça e de feijão e do que mais coubesse nela, e parar de dizer todas as maldades que diz, que parece que só abre a boca para embaralhar tudo, para que esses aqui se zanguem com aqueles dali, para dizer tudo o que não vem ao caso, e tudo o que aquele um disse daquele outro, e tudo o que esse outro fez de errado. Um homem que carrega atrás dele um cortejo de disparates e mal-entendidos do tamanho de um bonde. Mas tem dois filhos e duas filhas, esse Miquel, e um bando de netos, e precisou vender o carro e comprar um furgãozinho, e eu digo que se todo esse cortejo de filhos, filhas e netos gosta dele, deve ser porque debaixo dessa língua maldosa tem algo de bom. E tiro a linguiça dele do fogo. E hoje também veio a Montserrat, que comeu um sanduíche de lombinho com queijo e três pratinhos de azeitonas, ela sozinha. A Montserrat acha graça de todas as brincadeiras, menos das que têm a ver com a aposentadoria dela. Se vai se aposentar ou não, se deu uma festa meses atrás para comemorar a aposentadoria, embora ainda esteja trabalhando, o caso é que, toda vez que você brinca com esse assunto, ela se enfurece e vai embora sem pagar. Diz que paga da próxima vez, e então você vai ver, no dia em que ela voltar, quando nem se lembrar mais da brincadeira que fez com ela, como é que vai ser. E há ainda os rapazes novinhos, que não são gente ruim. Uns mais que os outros. Mas que geralmente vêm, conversam, assistem ao futebol e tomam cerveja, uma atrás da outra, só que comer, isso que se diz comer, só comem aqueles que vêm de algum treino e não têm como evitar, de tão mortos de fome que chegam. E querem sempre hambúrguer. Morreu um punhado de rapazes agora, faz um ano, e a cidade ficou mexida. E quando as pessoas começam a falar disso, porque as pessoas gostam de falar de coisas tristes e macabras, eu me afasto. Iam todos bêbados dentro do carro, aos trambolhões, e saíram da pista, se espatifaram e morreram os cinco. E esse povoado é tão pequeno que se você não conhece um, conhece o outro, ou conhece o pai ou a irmã. Porque imagino todos eles dentro do carro, rindo e fumando, fazendo bagunça com tanto sangue dentro das veias e tão pouco sofrimento, e tanta diversão, e tanta vida. E penso na última coisa que deviam estar falando antes que o carro perdesse a direção e então, pumba. Um instante de dor, e um instante de medo, quando muito, e depois mais nada.

A Núria entra na cozinha e diz:

— Jaume, vê se não dorme aí dentro — e sorri de um jeito que você nem sabe o que responder. — Dois filés com batatas para a Assumpta e o Marc de Can Sala.

E respondo:

— *Marchando*[15] — e me sinto profundamente inútil depois de tê-lo dito.

As cortinas de plástico engolem a menina.

As batatas sou eu que descasco e corto, e então deixo de molho na véspera. Tiro os filés da geladeira, que ainda estão com sangue aguado e vermelho, e, antes de colocá-los na chapa, saio um instante pra dizer:

— Me passa uma cerveja.

A Núria é legal, porque não fica julgando nem enchendo o saco com esse tipo de coisa. Pega a cerveja, abre e me passa, e continua fazendo o que estava fazendo. Porque depois ela vem com as suas brincadeiras agressivas e safadas, com aquela carinha de raposa, mas encher o saco por coisas como beber no trabalho ou dirigir bêbado, isso não. Eu digo obrigado e coloco os filés na chapa. Esses dois Sala que

---

15 Em castelhano no original. *Marchando*, no contexto, é "Saindo!". (N.T.)

pediram os filés são bem pirados. São uns hippies que se retiraram para o Montseny, pra ficar fumando baseado, e com eles você nunca sabe o que vai dar. Porque às vezes brigam e parece que vão acabar dando cadeiradas na cabeça um do outro, e outras vezes só riem, bebem, pegam o carro e vão até Vic ou Girona pra farrear, e olha que eles já têm idade.

E depois tem o Genís, com os seus sapatos e meias brancas, que você precisa ficar de olho e contar as cervejas que serve pra ele, porque é um bom garoto, mas você não pode deixá-lo beber demais. Porque ele já tem os seus quarenta anos, ou mais, não dá pra saber, com esse jeito de menino e essa boca de menino. Os pais dele são velhos já, o suficiente pra ele ter uns quarenta, mas o Genís é como se tivesse nove, ou dez, ou, no máximo, onze anos. Um dia, a Núria me contou que, depois da primeira cerveja, todas as que ela lhe serve são sem álcool e que metade ela nem cobra. Ele sempre anda a pé por todo lado, o Genís, e você sempre encontra o cara passeando, e às vezes você oferece, quer carona? E às vezes ele sobe, outras vezes, não, mesmo que esteja chovendo.

E ainda tem a Carmeta, que é de quem eu mais gosto, a Carmeta, que não tem um braço, e tem toda a alegria e toda a pachorra e toda a simpatia, como se um braço a menos tivesse tornado a sua vida mais fácil em vez de mais difícil. E a Carmeta toma vermute e, às vezes, vem com o irmão ou a irmã, ambos com dois braços compridos e uma dor empoeirada dentro do peito. E quando comemora alguma coisa, pede vôngoles. E depois tem os homens da fábrica de ônibus, e todos gritam como se tivessem se acostumado a falar por cima do barulho das máquinas. Estes começam com cervejas e, depois, passam para o uísque, o gim de abrunho e a cuba-libre. E, às vezes, vêm famílias inteiras, só que mais cedo, e as crianças dividem um filé com batatas e os adultos comem sem se falar muito. Casais jovens nunca vêm aqui. Como se tivessem vergonha de se amar ou sei lá o quê.

Quando são onze e meia, fecho a cozinha. Da parte de limpar a cozinha eu gosto, porque a deixo preparada para o dia seguinte, e tudo fica limpo, e quando você olha a cozinha, toda arrumada e brilhante você se sente bem. Tudo o que sei de cozinha aprendi na prisão. E até que não aprendi mal. Gosto e sei fazer. O Valentí, que foi quem me ensinou, dizia que cozinhar é como cantar, tem quem nasce sabendo, como um dom, mas com um pouco de esforço todo mundo pode aprender. Não sei se é o melhor exemplo. Eu já cozinhava alguma coisa para meu pai quando minha mãe morreu, mas com um pouco de técnica e alguns conceitos básicos, dá pra fazer maravilhas.

Termino de limpar, vou até o balcão, e então chega o Guifré. Sempre de última hora e sempre sozinho como uma coruja, e diz que tem uma história de ursos pra me contar. Digo, ah é? Muito bem. Porque tem essa brincadeira, algumas pessoas daqui me chamam de urso dos Pireneus. É por inveja, porque a montanha deles é pequena como uma pinta, enquanto a minha é toda uma serra. E, com essa bobagem, às vezes não me chamam pelo nome, me chamam de urso. E gosto que me chamem assim porque me faz pensar na minha casa e na Mia. E agora não gosto nem um pouco disso, porque me dói, como uma espetada na axila, pensar na minha casa e na Mia.

A história de urso que ele me conta é assim:

Era uma vez um ferreiro genioso, peludo, forte e corpulento, como você, diz ele, que vivia sozinho, e sempre estava zangado e sempre xingava, tanto assim que quando pegava o malho, o ferro já tremia, e quando tinha que ferrar um animal, esse nem respirava mais. Um dia, um andarilho chegou ao povoado do ferreiro, descalço, todo sujo. Parou na ferraria e pediu uma esmola. O ferreiro, sem sair de perto da fornalha, gritou:

— Calce-se, sua peste, e vá embora! — e atirou-lhe uma ferradura incandescente.

O mendigo, sem se mexer, olhou-o bem fixo e exclamou:
Urso és e urso serás!
Em todas as árvores subirás,
exceto no bordo, para que não te espetes
e no abeto, para que não escorregues

E, na mesma hora, o ferreiro se transformou num urso e fugiu urrando pelo bosque, porque aquele mendigo era Nosso Senhor.

O Guifré conta que todos os ursos são descendentes do ferreiro, e por isso andam eretos como as pessoas e trepam em todas as árvores, menos no bordo e no abeto. Dou risada quando ouço ele dizer "Nosso Senhor" e lhe sirvo um chope. O que resta da noite passa logo, e a Núria, que me tem no balcão e pode sair de vez em quando para fumar um cigarro, está contente. O Quim, o dono, já foi embora faz tempo, então podemos matar a sede, o tédio e a vontade de que a noite termine com cerveja. E quando já estou bem inchado do gás, com gim-tônica. O pessoal até teve um bom dia hoje, todo mundo tranquilo e numa boa, ninguém quis briga, nem ficou se lamentando, nem delirando de bêbado, e todos vão embora quando chega a hora.

Ao fechar a porta por dentro e abaixar metade da grade de ferro, a Núria acende um cigarro e deixa aceso no cinzeiro do balcão. Vai até o armazém buscar algumas caixas de cerveja com o carrinho. Volta, pega o cigarro e dá uma tragada. Coloca as caixas de plástico cheias em cima do estrado e se enfia atrás do balcão pra abastecer as geladeiras, com o pito na boca e o olhar de raposa. De raposa que se deleita antes de matar suas presas. E percebo que hoje ela quer zoar, e pergunta, assim do nada:

— E você, Jaume, é de onde?

E eu, que vou colocando as cadeiras em cima das mesas, respondo:

— Lá do alto dos Pireneus. Como os ursos.

Mas isso ela já sabe. Deixa o cigarro e vai pondo as garrafas na geladeira em formato de pirâmide egípcia.

— Minha mãe era uma mulher d'água — digo então.

E penso na minha mãe, que falava tão pouco, com aquele seu sorriso quando estava contente, tranquilo como um pão, que fazia você se sentir tão bem de tê-la feito rir, mesmo que naquele seu sorriso faltassem os dentes da frente. Minha mãe, com toda aquela bondade desperdiçada. Minha mãe, que morreu antes do acidente, e como fico feliz que tenha morrido antes daquilo tudo. Chego perto do balcão e me sento como se fosse cliente. Já, já vou varrer, mas primeiro pego o cigarro aceso dela do cinzeiro, porque já pus todas as cadeiras para cima. Ela pergunta:

— Tem mulher d'água nos Pireneus?

— Tem mulher d'água em todo lugar.

— Como você sabe que ela era uma mulher d'água?

Faço um gesto com uma mão para ela me servir outro gim-tônica e digo outra verdade:

— Quando meu pai e minha mãe se casaram, minha mãe o fez prometer que nunca diria em voz alta que ela era uma mulher d'água. Mas, quando nasci, eu era tão feio que meu pai não quis acreditar que fosse filho dele e disse: "Tinha mesmo que ser mulher d'água!". E, bum, minha mãe desapareceu e nunca mais voltamos a vê-la.

— Sempre acontece a mesma coisa com as mulheres d'água — sorri. Serve dois gins-tônicas. Fico com o seu cigarro, e ela acende outro. — Sabe o que eu penso dos homens herméticos e misteriosos que não falam nada, que não contam nada? — pergunta. — Penso que são vazios como uma casca, e não têm nada pra contar.

Levanto a cabeça, e ela me olha com uns olhos que sorriem combativos, capazes de tantas outras coisas melhores do que ficar aqui. Uns olhos de raposa entediada, cansada dos rapazes deste povoado e dos carros dos rapazes deste povoado, e das paisagens e das perspectivas deste povoado. E eu, que não tenho nada para lhe dar de presente e não quero que me olhe desse jeito, com a boca entreaberta como uma porta, digo:

— Matei um homem.

Digo sem olhar pra ela, porque não quero ver como reage. Muda de posição, fuma e espera.

— Matei um rapaz que era meu amigo. Sem querer. Estávamos caçando e atirei nele pelas costas. A espingarda disparou sozinha. Lá em cima da montanha, tão alto que ele morreu nos meus braços e levei horas para trazê-lo para baixo.

Pronto, aí está, um tesouro em forma de segredo. Uma pequena sacudida na alma. Uma história pra pensar a respeito, um caso pra contar aos amigos. Uma verdade como uma fruta podre. Uma cena triste.

Então olho pra ela e digo:

— E fiquei um tempo na prisão.

Está quieta agora, como uma raposa.

Tem coisas que ficam gravadas na alma. Artigo 545 do Código Penal de 1973. *Prisión menor* quer dizer cinco anos. Pelo menos no meu caso. Três de provisória e dois de sentença. Que é o que dá você morar na porra da fronteira com a França. Porque ninguém acredita que você não irá dar dez passos que irão lhe poupar cinco anos de jaula. E revejo todas as coisas, uma atrás da outra, quase sem dor. Do que menos me lembro é do Hilari. O Hilari morrendo. O sangue e o cabelo dele. Quase não lembro como foi que o tirei do bosque. Nem da cara dos guardas civis, nem da primeira noite preso, nem da segunda. E logo me vejo na prisão de Pont Major e espero o julgamento, e então o julgamento acontece, e eu já não me importo mais com nada.

E pergunta:

— Como foi na prisão?

Digo qualquer coisa e faço uma expressão parecida com um sorriso e peço:

— Posso levar uma cerveja?

Quer que eu fique e lhe conte mais segredos, e faça alguma coisa desta noite, porque esta noite será relembrada e será muito melhor que muitas outras, porque estamos vivos esta noite, e estamos aqui no bar, um diante do outro. Mas não quero ficar, e não quero pensar na prisão nem que me olhe com essa porta entreaberta, e me dá uma cerveja, e pergunto se posso ir, se ela se incomoda de terminar de fechar sozinha. Meu pai morreu no meu segundo ano. Antes do julgamento. Um poço de merda. A gente não deve abrir a porta das lembranças, porque não tem nada de bom lá dentro.

O carro me espera no escuro e me enfio dentro dele, e tem cheiro de casa pequena. Dirijo para fora do povoado em vez de ir para casa, porque é uma noite gelada e a cerveja está gelada, e guiar por aquelas curvas é uma promessa de bem-estar. Por favor, um bem-estar. Acelero forte e faço as curvas como quem dança, como quem foge. A estrada é escura, com essa faixa como um colarzinho, como um pespontado que a atravessa inteira, como a pele de uma serpente. E o bosque se abre amarelo e cinza, e triangular, à minha frente, como se eu fosse uma navalha. O céu é mais claro que o bosque e que a estrada, porque o céu tem a luz escondida embaixo. Abro as janelas e a noite boa entra no carro. Não há mais carro nenhum na estrada porque os carros dormem. E a água de ouro desce rápida pelo gargalo da garrafa e é como um campo de cevada. Um campo de trigo. Um campo de aveia. É a dança da aveia que eu vou cantar pra vocês, é a dança da aveia que eu vou cantar, meu pai quando semeava aveia fazia assim, fazia assim, dava uma batida no peito, e de repente a batida é fortíssima. A violência de um corpo que cruza a trajetória do carro faz um barulho brusco e estremecedor. Caralho! As mãos agarradas na direção me doem das pontadas elétricas, e a cerveja, que pulou da minha mão, se derrama pelo chão. Paro o carro por inércia, e a escuridão faz muito silêncio para contrabalançar. Ouço minha respiração forte, porque me assustei e choraria de medo e de não querer ver o que matei. À minha frente, a estrada está limpa. As árvores se inclinam na minha direção como se me olhassem, e fico quieto um segundo, de costas para a escuridão e a morte.

Quando saio do carro, o vulto é de animal. E ao distinguir a corça no meio da estrada, vermelha, iluminada pelas lanternas traseiras do carro, digo, meu Deus!, muitas vezes e bem alto, e então digo, puta que o pariu!, muitas vezes e bem alto, e depois, meu Deus do céu!, e quando me agacho junto ao animal e coloco a mão na testa dele, entre as orelhas, penso que é a corça. E já sei que não é aquela corça. Mas penso que é a corça que não matamos, o Hilari e eu. E a cerveja fica batendo contra as paredes de todas as minhas veias, e as lembranças, atrás, rebatem contra todas as paredes do esqueleto, e pego o animal nos braços, do jeito que carreguei o Hilari. Nunca disse à Mia que sentia muito. Recusei suas visitas. Não voltei lá quando me soltaram. Abro as portas traseiras do carro, e o bicho morto pesa mais do que parecia, tão ligeiro que corre, com essas perninhas tão finas. Cuido para que não batam na moldura da porta, esses joelhos e essas patas que sustentavam toda essa carne. Tenho que entrar no carro, pelo outro lado, para puxar o animal para dentro, pelo pescoço, que é duro, grosso, fibroso, e está quente. As duas patas de trás escorregam, inertes, pelo assento, para fora do carro, e volto à primeira porta e seguro o bicho pelas ancas para poder levantá-lo e empurrá-lo para dentro do assento, sem sangue, pois nem sequer lhe tirei sangue. É a corça do Hilari, e eu nunca disse à Mia que gostava dela e que sentia muito. Como é que alguém poderá me perdoar um dia, se a Mia não me perdoa? Fecho as portas e sei que todos os animais noturnos me olham espantados lá da escuridão, com os olhos voltados para baixo para que não cintilem.

 Às vezes, as palavras não vêm, tampouco os pensamentos. A única coisa que resta é fazer as coisas com as mãos, como girar a chave que ainda está no contato do carro, que é algo simples de fazer, e puxar o freio de mão e pôr primeira, porque tudo isso é fácil e mecânico. A corça, como uma criança, dorme atrás no carro. Eu teria gostado de ter filhos. Com a Mia.

A estrada se estende à minha frente. A cerveja vazia fica batendo no chão. O lugar do acidente, de manhã, vai parecer outro lugar. Vou demorar uma hora e meia. Uma hora e quinze se acelerar. Acelero para que o ar entre com força pela janela, e faça barulho, e me chegue aos ouvidos, e se misture com o cheiro ácido de bosque, de animal silvestre, e de medo, e de morte, e do meu suor, e do suor do bicho que fermenta, cada vez mais forte, mais acre, mais assustado. Ligo o rádio para que me faça companhia. E é nessa hora, antes de captar qualquer frequência, que os percebo. Profundos, como os desvãos escuros que penetram até o fundo da terra. Percebo-os na minha nuca, como dois dedos. Percebo-os bem antes de vê-los, e muito antes de entendê-los, e demoro a situá-los, e então me viro e estão ali, os dois, os olhos abertos, como dois poços, da corça. Úmidos e negros.

O FANTASMA

A lua é redonda e cheia, e a Lluna deitou aos pés da cama, e vamos dormir cedo porque estamos cansadas. Não a deixo dormir em cima, a Lluna, e se ela me acorda de manhã, por impaciência, ou por fome, ou por um amor descabelado, eu me zango, ou finjo que me zango, para ela não fazer mais isso.

Enfio-me na cama e lhe dou boa-noite, e não a vejo, mas sei que deitou com o focinho em cima das patas da frente, com cara de resignada. O sono vem logo.

— Faz uns anos que eu não fico com ninguém — digo a ele. Assim como disse da primeira vez. E continua me beijando. Eu achava que havia enjoado para sempre dessas coisas, que não tinha mais vontade de que alguém me desse prazer, que não sentia mais falta. Mas agora que o desejo despertou, bem lá no fundo, aferro-me a ele, porque é incipiente, e divertido, e quero que cresça. O Oriol diz:

— Eu também — como da outra vez. E eu rio, porque não pode ser. E ele ri.

Tem as mãos firmes quando acaricia. Tremiam tanto que pareciam não ser capazes de pegar nada com firmeza. Tem gosto de álcool na boca, de redução, de vinho usado para cozinhar, e tem lábios, ao redor da boca, e os lábios me desejam, e os braços ganham impulso, e imaginei que eu ficaria pensando, pensando nos gestos, em cada uma das coisas que fossem acontecendo enquanto aconteciam. Mas não. O sangue e as suas mãos e as minhas mãos se precipitam, mais rápido, mais fundo, e tiramos a roupa e nos apalpamos, e fazia muito tempo que não acariciava o pênis de um homem. E então a Lluna, que sempre faz a mesma coisa, lambe meu joelho com aquela língua e aquele nariz, frios e forasteiros. Levanto e tiro a cadela do quarto e volto depressa, para que tudo continue no lugar, e não quero que pare, quero que volte a entrar e sair, e olho para ele e sorrio, e ele me olha e se enfia mais, e essa é a primeira vez, a primeira de muitas vezes que virão depois.

O Oriol nunca é o mesmo. Quando faz amor, é uma coisa silenciosa que sabe acariciar. Um homem completo e uma boa companhia. Mas, às vezes, depois de fazer amor, é um homem combalido, que quer falar dos ladrões que entraram em sua casa, e do buraco na cabeça, e de antes, e de agora. E eu o escuto e nunca falo nada do Hilari, porque ele está contando a sua história, e porque a sua história é a única história que ele quer que ouçam. E porque não quero lhe contar coisas do Hilari. O Hilari é a minha história.

Às vezes, antes de fazer amor, ele está num dia de palavras grandiosas, de falar de livros e de dizer coisas frias. Então fico cuidando dos meus afazeres e falo pouco, para que pareça que ele está conversando com uma pedra, e vou lá fora até o jardim ou a horta e rego as flores, e quando ele cansa de dissimular coisas que não são, eu o agarro e tiramos a roupa.

Às vezes, quando vai embora, porque nunca dorme aqui, e nunca lhe pedi isso, penso, Mia, o que você queria?

O que esperava? Não falo de ele não ter ficado para dormir, quanto a isso, tudo bem. Falo do geral. É um rapaz jovem e bonito, o que ele faz aqui em cima? Com a mãe e uma bengala nas mãos trêmulas? E então penso: você não esperava nada, Mia. E está bem assim. E deixo que ele me visite. Porque gosto que venha me visitar. E nunca o visito, para que as coisas que a mãe dele possa pensar de mim, boas ou ruins, ela não pense na minha frente. E porque ele já sabe onde estou e pode vir quando quiser, e não tenho que adivinhar se está num dia de se mostrar tranquilo e ser boa companhia ou num dia de ficar fechado como uma ostra.

O Hilari era sempre o mesmo. Como o ar da manhã bem cedinho. Fresco, sutil e cheio de ideias, e de vontades e possibilidades. Mas sempre como o ar da manhã. Nunca como o ar pesado da tarde. Nunca como o ar preguiçoso do meio-dia, o ar azulado do entardecer ou o ar escuro da noite. Minha mãe, como o Oriol, era diferente a cada hora. Não dava para saber se ela cantaria para você ou lhe daria uma bronca. E depois, quando ficou velha, com a doença, não dava para saber se era uma menina ou uma velha, uma mãe ou uma filha, se iria reconhecê-la ou confundi-la com a tia Carme ou vá lá saber com quem. O vovô Ton era sempre o mesmo. Mas era uma coisa sem graça. Uma chateação, como uma ferramenta que quebrou. Como uma lâmpada que queimou de verdade, sem um cego para apagá-la. E o Jaume também era sempre o mesmo. Um urso bruto dos Pireneus. Mas, por estas bandas, não há mais ursos.

Quando acabamos de fazer amor, o Oriol me diz:

— Vou cavar lá na horta. Abrir umas valas. Amarrar os tomateiros.

E penso que os tomates da minha horta sempre estão verdes e são pequenos e feios, e fico um tempo deitada na cama. É agradável não fazer nada, e não falar nada, e não olhar nada, depois de fazer amor. Está relampejando. A luz branca molha tudo como se fosse um gole regurgitado de leite. Não ouço trovões. Quando trovejava, minha mãe gritava "Domènec!". Um berro. Um "Domènec!" para cada trovão. Não pelo raio, que foi o que matou meu pai, mas pelo trovão. E então chorava e rezava, e nos fazia ajoelhar e rezar, todos nós, para que não caísse um raio em cima de casa.

Quando você vê um relâmpago, tem que contar os segundos. Os segundos entre o raio e o trovão. Se esse intervalo for curto, quer dizer que o raio caiu perto. E você tem que procurar abrigo. Mas nunca debaixo de uma árvore. Nem deve correr, porque os raios gostam das correntes de ar. E não pode chegar perto dos postes de eletricidade, nem das cercas dos animais, nem das pedras isoladas, nem das grutas. Nem tomar banho no rio se houver temporal. E, se estiver em casa, melhor fechar janelas e portas, e apagar as luzes, e não acender nenhum fogo, porque os raios gostam do fogo.

Ouço o Oriol dando duro lá fora, e saio para lhe fazer companhia. A lua está acima da horta, e a Lluna deitou ali perto, e ele, de costas, enxada na mão, cavando e despertando as tesourinhas, as joaninhas, as lagartixas, as minhocas e os outros bichinhos que dormem, com seus golpes metódicos, remexendo a terra. Digo:

— Vim lhe fazer companhia.

E ele se vira. E é o Hilari. E me diz:

— Que bom, Mia.

E eu me alegro muito que não seja o Oriol e que agora seja o Hilari, porque o Hilari é muito melhor companhia que o Oriol, muito melhor companhia que qualquer companhia, e porque a falta do Hilari é muito sentida todos os dias.

E me diz:

— Traga a mangueira, vamos regar agora que o sol foi embora.

E trago a mangueira. A noite é agradável e não quero que termine.

O Hilari nunca queria ficar sozinho, nem queria fazer nada sozinho, e dizia, Mia, você me acompanha que eu vou fazer cocô? Ou, você me acompanha pra ir buscar lenha? Ou, vamos olhar o rio? E eu sempre o acompanhava. Como se ele tivesse medo de ficar sozinho por um momento. Você me faz companhia, Mia?, dizia. Fica me olhando, mãe?, perguntava à Sió. Como se ele fosse evaporar se você não estivesse olhando pra ele. O Jaume, ao contrário, nunca andava acompanhado. Gastava uma hora para descer a pé até a escola e, depois, uma hora e meia de volta para casa. Sozinho. Até que foi acolhido pelo Hilari. O Hilari, que era jeitoso com os animais silvestres porque tinha paciência, adotou-o. Ficou com ele, como ficava com um camundongo, ou um furão, ou um pardal caído do ninho. E então íamos os três juntos para todo lado, porque o Jaume não se cansava nunca, nunca dizia não para o que quer que fosse. Nem se incomodava de demorar um pouco mais em voltar para casa em troca de um pouco de companhia, em troca de algum jogo ou de uma sopa de pão.

No início, incomodava-me aquela presença do filho dos gigantes. Tão lento e tão devoto. Porque veio um dia e, desde então, passou a vir sempre. E porque, às vezes, chamava o Hilari de "irmão". Chamava de "irmão" porque não tinha irmãos nem amigos. Como se o Hilari fosse irmão de todo mundo. Eu não gostava disso. Porque ele era o meu irmão, meu e de mais ninguém. E o Jaume me chamava de "M-i-a". Falava Mia desse jeito, marcando muito cada letra, bem devagar. E eu não gostava disso. Não gostava porque ele levava mais tempo que o Hilari para entender as coisas. E porque Hilari tinha paciência, e eu, não, e então passava por má. E porque me cansava vê-lo sempre nos seguindo e tendo tão pouco a dizer, como se tivéssemos adotado um cachorro velho.

Mas, um dia o, Jaume me contou que seu pai era meio homem, meio gigante, e que a mãe era inteiramente gigante. E olhei para ele bem dentro dos olhos e vi que não era um cachorro velho, que era um urso. Seus pais criavam cavalos e ovelhas, e faziam queijo, e vendiam no mercado antes que a mãe dele morresse e o pai se trancasse em casa e passasse a comer só coisas secas e confitadas. Eram estranhos os pais dele. Velhos, e com alguns dentes faltando, e não falavam muito, não sabiam ler nem nada das coisas que se aprendem na escola, e eram arredios, imagino que estavam cansados do povo rindo deles. Viviam lá em cima, bem lá em cima. E as pessoas zombavam deles porque eram os dois altos e grandes, pareciam irmãos, e tinham o sotaque forte e afrancesado. E o povo os chamava de gigantes. E chamá-los de gigantes era chamá-los também de burros, e diziam que se haviam casado mesmo sendo irmãos e tido um filho burro, e isso tudo era cruel. Mas quando o Jaume contou que os pais dele eram gigantes, fiquei olhando-o e entendi a brincadeira e a esperteza. E, de repente, sem mais nem menos, já não era mais ele que nos seguia, éramos nós que queríamos sempre ficar mais perto dele, onde quer que fosse.

Outro dia contou que os pais o haviam feito da neve. Gostei muito dessa história. Disse que os pais não conseguiam ter filhos. E viviam tristes. E um ano, no final do outono, quando caiu a primeira nevasca, a mãe fez um boneco de neve em frente à porta de casa e, depois, costurou uma roupinha de criança e vestiu nele. Mas, quando anoiteceu, ficou com dó de deixar o boneco lá fora na neve, pegou-o, trouxe-o para dentro de casa e o pôs diante da lareira. Com o quentinho da lareira, o boneco perdeu a rigidez e assumiu uma cor humana, e logo mexeu os olhos, e os braços, e as pernas, e virou um menino, e chamaram de Jaume.

E tudo começou bem aos poucos, de um jeito muito seguro, como uma ponte de pedra. Como se tudo tivesse que durar para sempre. Como se sempre fosse então. E as tardes eram lânguidas, e lânguidos eram o tempo e o bosque. Eu ajudava no açougue e trazia o dinheiro dobradinho dentro de papel de jornal, e dava pra minha mãe. O Hilari ajudava o Rei na horta e trazia para casa feijão e abobrinha, tomate, escarola e batata. O vovô já tinha morrido, sem dizer nada, quietinho, quietinho. E o Jaume fazia queijo e cheirava a cabra e cavalo. E ainda tínhamos tempo para fazer cabanas, caçar coelhos a laço e brincar de poções mágicas, e fazer canelones de ração de bezerro, e tentar montar nas vacas, e fazer fogo sem fósforos ou comer morangos silvestres até encher a barriga e passar mal.

E, às vezes, íamos de mãos dadas, eu e o Jaume, porque era divertido sentir uma mão dentro da sua. Ou fazíamos massagens um no outro e cosquinhas na parte de dentro do braço, pelo prazer do toque de outra pessoa. E o Hilari não achava ruim. Desde que você não o deixasse sozinho, não se zangava. E não tínhamos vergonha de andar de mãos dadas na frente dele, ou de fazer tranças, ou cócegas, porque, se ele pedisse, também fazíamos nele. Sabíamos que aqueles que se amam se beijam na boca, e que dormem abraçados e fazem filhos, mas não tínhamos pressa, ainda.

    Logo fiz catorze anos e larguei a escola, e ia todo dia ao açougue. Disse pra minha mãe que quando o Manel, o dono do açougue, se aposentasse, como ele não tinha filhos, iríamos comprar a loja com o dinheiro que ela guardava atrás de um ladrilho, daquela vez que vendemos a casa vazia de Camprodon, do avô e da tia-avó Carme. E contei isso ao Jaume, e ele disse que venderíamos os queijos dele também. E o Hilari disse que venderíamos os animais da casa, e os ovos, e que me daria os javalis e as lebres que ele caçasse, e que se a gente cozinhasse poderia vendê-los já cozidos. E eu concordei, disse que sim, dizia que sim pra tudo. E então minha mãe começou a falar que eu não devia mais ir ao bosque com os meninos, porque eles só tinham treze anos e eu já era uma mulher. E eu não queria saber disso, de ser uma mulher. Com toda a crueldade de ser uma mulher e as poucas coisas que restam quando já se é uma mulher. Mas andava com eles do mesmo jeito, vinham me buscar no fim da tarde, quando eu saía do açougue, e íamos à quermesse da cidade, ou a uma excursão, ou caçar, ou o que quer que fosse.

    E então fizemos quinze ou dezesseis anos, não lembro exatamente, e começou a despertar no Jaume e em mim a vontade de beijar. E, às vezes o Hilari se cansava, dizia, daquele barulho de coisa úmida que fazíamos, e voltava para casa para ajudar a mamãe. O Hilari ia embora e chegavam os duendes do bosque. Que sussurravam e riam baixinho, como se fosse magia. E o Jaume tinha um gosto suave, profundo e salgado, como de linguiça. E experimentávamos todos os cantinhos e todos os jeitos, e era um cheiro novo, o cheiro dos beijos. Ele me carregava nas costas, para dentro do bosque, e eu dizia, estou montando o urso, domei o urso dos Pireneus! E então ele rugia, e corria, e me deixava cair com delicadeza no chão, e ficava passeando por cima de mim, grunhindo. Eu ria, da adrenalina, das cócegas que sentia com o ar que entrava e saía do nariz dele enquanto cheirava o meu cabelo, o meu pescoço, a minha boca e a minha barriga, e grunhia e grunhia, e, por baixo dos seus grunhidos, foi nascendo em nós a vontade de fazer amor.

E nos amamos todos aqueles anos que vieram depois, que, mesmo passando muito rápido, foram muitos. Até o acidente.

E então, no meu sonho o Hilari diz:

— Mia, me conta como foi que a mamãe se perdeu.

Ele tira a camiseta e a rasga toda em tiras. E eu intervenho:

— Hilari, não precisa rasgar a camiseta, tenho lençóis velhos lá dentro!

E ele diz:

— É uma camiseta velha.

E amarramos as hastes dos tomateiros, verdes e esquálidos, nos bambus, com as tiras da camiseta, e lhe conto:

— A mamãe se perdeu, e imaginei o bosque abrindo a boca. A mamãe com a bata lilás se enfiando pelas árvores como se entrasse na goela de um lobo. Seguindo pela trilha como se esta fosse o tubo de um estômago que levasse ao buraco para onde vão todos os que a montanha come. O papai e você, Hilari. Mas a Sió, o bosque cuspiu fora — não consigo conter o riso —, como se não desse para mastigá-la, de tão seca, a minha mãezinha.

E rimos.

— Como quando a carne embolava na tua boca e a mãe passava o bife e o lombo no liquidificador e fazia montinhos no teu prato — continuo. — Como a história que o pai contava pra mãe, da mulher que não era boa esposa porque não sabia fazer nada, e depois que eles casaram o marido a devolveu aos pais e disse que, quando lhe ensinassem a fazer alguma coisa, ele viria pegá-la de volta. O bosque não quis a mamãe. Ele a devolveu pra que eu cuidasse da doença dela e da cabeça dela, que era um balaio de gatos, cheia de lembranças esparsas e desordenadas. E olha que a gente gritou, e a Lluna latiu, e metade do povoado saiu à procura dela, e não foram poucos os carros de guardas e de bombeiros que vieram procurar uma senhora perdida. E publicamos mensagens no Facebook e notas nos jornais, e grudamos cartazes nas árvores em Molló e Camprodon e até em Beget e Ripoll, com a foto da identidade dela, e nada de nada. Passou duas noites inteiras no bosque, a mamãe, até voltar na manhã do terceiro dia, e falou que tinha dormido com as mulheres d'água. Falou que tinha dormido com as mulheres d'água! E eu disse, mãe, e ela disse, não me importo se você não acredita, se você fosse menina acreditaria em mim. E a internaram no hospital e foi examinada por médicos e mais médicos, e não acharam um arranhão sequer. Mas, para os médicos, ela não disse nada das encantadas. E eu ameacei, disse que se ela se perdesse de novo iria colocá-la numa residência, mas nem foi preciso, porque logo depois ela morreu.

Amarro outro tomateiro e continuo:

— Uma vez ela bateu na gente, a mãe, porque dissemos ter visto as mulheres d'água. Você se lembra disso, Hilari? Falou que era pra gente parar de mentir e de falar bobagem.

O Hilari pega uma tira da camiseta rasgada e faz outro laço, abraçando a haste do tomateiro a outro bambu. Ele me ouve com um sorriso concentrado e feliz, com o peito e as costas descobertos e a cabeça inclinada de lado, porque o Hilari adora falar das histórias de quando éramos crianças.

— Lembra o sinal que você falou pra gente fazer caso morresse? Caso um dos dois ficasse sozinho? — pergunto.

— Eu já não tenho mais clareza dessa lembrança das mulheres d'água. Imagino que eram como as dos contos, bonitas e lavando roupa branca. Mas não me lembro nitidamente da hora em que as vimos. Lembro que a mamãe bateu na gente, e só. E que você dizia que sim, que a tínhamos visto, e me lembro de nós dois, depois, escolhendo o sinal que um faria ao outro quando um dos dois morresse. Você teve um monte de ideias, e nenhuma funcionava. Dizia que viria e me cumprimentaria como um fantasma. E eu perguntava, de noite ou de dia? E você dizia, se eu puder, de dia, e se não puder, de noite. E eu dizia, de noite, não, Hilari, que você vai me assustar. E então você propunha, então durante um sonho! Mas eu dizia, em sonho a gente ia achar que estava sonhando com o outro e que o outro não estava ali, como quando você sonha com o pai. E você disse que a gente viria em forma de animal, cervo, javali ou coelho, e eu perguntava, Hilari, e se caçarem você? Então você falou, não, Mia, animal dos que não se caçam, gato, por exemplo. E se a Ruda sair atrás de você? — era a nossa cadela anterior, avó da Lluna. Então em forma de cachorro, você disse. E como é que vou saber?, perguntei. Porque seria o cachorro mais esperto já visto, e faria coisas que só você e eu sabemos. Dançaria, e abriria portas, e faria xixi na cômoda da mãe.

E ele ri, feliz da vida. E então, com as mãos que têm cheiro de folha de tomateiro, explica de novo o segredo. O segredo era a sua história de medo preferida. Quem havia lhe contado era o Rei. Ele diz:

— Venha, vamos capinar a horta — e conta: — Antes de nós, morou lá em casa um homem cego. Mas o homem cego morreu. Então, muitos anos depois, o vovô Ton mandou instalar eletricidade, mas toda noite as luzes se apagavam sozinhas. No fim de tarde, quando acendíamos as luzes, pluf. Como se alguém tivesse apertado o interruptor. Como se alguém tivesse passado quarto por quarto, e fosse apagando todas as luzes. Os homens da eletricidade vieram dar uma olhada, mas os fios estavam todos em ordem, e os interruptores também, tudo estava em ordem. Era um fantasma. Então o Rei disse para o vovô Ton: "Você se lembra, Ton, do Miquel, que era cego?". O Miquel era um tio-avô do vovô Ton, que tinha morrido havia muitos anos. Quando o tio Miquel era vivo, andava sempre tateando pelas paredes para achar o caminho e não trombar com os móveis. Numa noite de tempestade, quando as luzes dos quartos da nossa casa se apagaram uma atrás da outra, pluf, pluf, pluf, o vovô Ton gritou, forte como um trovão: "Tio Miquel, levante os braços, porra, se não, você me desliga todos os interruptores!". E depois desse grito, as luzes nunca mais se apagaram sozinhas.

E então a luz dos faróis entra pela janela e eu acordo.

O sonho fica para trás, como uma pele de cobra seca e velha, e ouço um carro lá fora, e o creque-creque que fazem todas as coisas esmagadas sob o peso das rodas.

Quando endireito o corpo, a Lluna rosna com agressividade. Não gosto quando a Lluna rosna. Vou até o armário da entrada e pego a espingarda, e me surpreendo com o meu medo e por ter ido buscar a espingarda. Calço botas, para poder pisar firme, porque ir descalço é como ir de maiô. E penso no Hilari, que estava na horta, há tão pouco tempo, no meu sonho. E sinto o peso do sono e da lembrança do Hilari, como uma coisa sofrida. O medo quer que eu acorde. O veículo parou. Saio com um casaco por cima do pijama, a espingarda e as botas. O carro está escuro e não dá pra ver quem está dentro. Não olhei as horas, mas a noite é escura como breu e silenciosa. Pode ser qualquer hora por volta de quatro ou cinco. Que raios alguém pode estar querendo a essa hora? Não estou gostando. Dou uma olhada rápida na horta e não tem ninguém ali, o Hilari não está. Talvez eu devesse ter fingido que dormia, como fazem alguns quando são assaltados. E penso no Oriol e na noite dos ladrões. Os faróis se apagam. O carro tem a frente amassada. Abrem a porta e eu não digo nada, porque minha língua trava e a Lluna, à minha frente, late que late, e rosna, e mostra toda a fileira de dentes, que ficam estalando quando late. E então sai do carro um homem, e do meu coração escapa uma batida forte, como uma bolha, porque reconheço sua expressão.

Quem sai do carro é o Jaume. Abraço a cachorra pelo pescoço e lhe digo algumas palavras tranquilas, e ela late e late, e eu digo, Lluna, Lluna, pssssiu, e quase que a espingarda escorrega. E o Jaume fica plantado ao lado do carro como um fantasma, como uma oferenda, e quando levanto e me aproximo, ele me olha por baixo das pálpebras, com os olhos e o rosto envelhecidos. Envelhecidos não, inchados, e de madeira, e os olhos escondidos sob os cílios e as sobrancelhas, como se eu fosse um fogo que queima ou um sol poente. Como se pudesse transbordar e tocá-lo. Dou todos os passos até chegar diante dele e então digo:

— Quer entrar?

Tudo ao redor dele, acima e atrás está escuro, e preciso desviar o corpo para deixar entrar um pouco de luz no campo de visão. Ar dentro dos olhos. Olho a casa, porque por um segundo parece que não está lá. Do mesmo jeito que na horta não vejo mais o Hilari.

Ele me segue, e a cadela vem atrás dele. A Lluna o cheira e já não late mais, e suas boas-vindas austeras são permissão para deixá-lo entrar em casa. A cadela vai gostar da presença dele, porque os animais gostavam da sua presença, e a Ruda sempre o queria por perto, e isso os cachorros transmitem uns aos outros pelo sangue.

Levo-o até a cozinha e ele senta no banco. A cadela se esconde debaixo da mesa, e eu, de repente, me sinto como se me tivessem tirado tudo de dentro, intestinos, estômago, pulmões, fígado e tudo mais.

Para que o Jaume não desapareça e não entre luz demais nos olhos, que perderam o sono como se não fossem recuperá-lo nunca mais, e para que não vejamos direito os anos e as coisas que aconteceram conosco até agora, e o pijama que eu visto e a roupa suja dele, reavivo o fogo, mas não acendo nenhuma luz.

E, de repente, o Jaume chora. Chora sentado à mesa, sem gemer. Não dá para ver muito bem, mas as gotas que caem em cima dos braços e da madeira são redondas e grossas, e fazem plim, plim. Como uma goteira. A cadela percebe isso, vai até ele e encosta o lombo nas suas panturrilhas, e com a carícia do animal ele chora mais ainda. Eu, primeiro, não quero ficar olhando pra ele enquanto chora. É como se não fosse certo. E espreito as brasas com o coração apertado. Mas depois penso que tenho que olhar pra ele. Que é uma coisa boa, chorar. E que, na realidade, ele me deve essas poucas lágrimas, e então me viro e olho pra ele.

    Quando ele seca o rosto, preparo café. Preparo café para poder ocupar as mãos com alguma coisa e para pôr dentro de nós um café quente. Porque se você consegue engolir, está tudo bem. Abro a cafeteira e passo água fria, e encho de água até o parafusinho. Pego o pacote do armário e uma colherinha e ponho café, pouco a pouco, até a borda. Fecho bem, porque se você não fecha direito ela explode. Ligo o fogo e coloco a cafeteira, e, quando assopro o fósforo, ainda de costas, digo que nunca pusemos a culpa nele, que foi um acidente e que todos achávamos que tinha sido. Digo isso com crueldade. Não choro e meus olhos nem ficam marejados, e digo, eu perdi vocês dois ao mesmo tempo. Você e o Hilari. Como uma represão. Como um empurrão. Como um soco tão forte quanto o mais forte que fosse capaz de lhe dar. Com o punho fechado. Com a mão aberta e espalmada. Com os dois punhos ao mesmo tempo. E preparo as xícaras.

    No início, depois que o Hilari morreu, quando imaginava o Jaume voltando, vindo, arrasado, eu o recebia com ternura. A gente se abraçava e chorava, se abraçava e chorava, e não era preciso eu lhe dizer que o perdoava porque ele já sabia, pelo meu corpo, que eu o perdoava. Depois, quando os meses se passaram e eu pedia para visitá-lo e ele me negava isso, e quando o pai dele morava sozinho lá em cima e eu ia vê-lo, com a casa caindo aos pedaços, e quando o homem morreu absolutamente sozinho e depois de um tempo o Jaume foi solto, mas não voltou, a minha dor e o fato de não entender nada acabaram virando uma casca e uma sujeira terríveis. Levei anos para limpar. Depois, quando imaginava ele vindo ou passando por aqui, ou que a gente se cruzava lá em cima no povoado, eu o olhava com crueldade, zangada, cínica e venenosa, cheia de todas as raivas e dores misturadas.

Preparo o açúcar e as colherinhas. Quando o café ferve, sirvo-o nas xícaras. Deixo uma perto das suas mãos e tenho um pouco de medo de sentar à sua frente, mas sento assim mesmo. Ele faz um movimento de cabeça que deve querer dizer obrigado, e põe dois dedos acima do ar quente que sai da xícara de leite, que é grande. E eu me desespero. Desespero-me por vê-lo aqui sem dizer nada. Por ele não dizer nada, como se fosse um cachorro velho. Por ele esperar que seja eu a falar alguma coisa, que eu lhe arranque as palavras como se fossem dentes. E lhe pergunto:

— Por que você veio?

E responde:

— Atropelei uma corça.

Tem a mesma voz. E olho pra ele, que ergue os olhos, e nossos olhos se encontram. A mesma voz. Meus olhos se enchem de sangue quente porque ele tem a mesma voz. E, como se tivesse aberto uma torneira, continua:

— Como a corça do Hilari.

E é bonito que diga o nome dele. Hilari, Hilari, Hilari, Hilari, Hilari, Hilari, Hilari, Hilari. Seus olhos são como uma espetada.

— Onde a corça está agora? — pergunto.

— No carro — diz.

E não quero. E, sim, quero. Levanto. Queria ficar e dizer mais coisas. E que ele dissesse mais coisas, muito mais coisas. Mas levanto. Refaço o caminho até a entrada e digo a mim mesma que há coisas mais importantes a fazer agora, coisas necessárias. Pego a espingarda da mesa da entrada e saio. A noite é agradável, e desço os degraus pouco a pouco para não fazer barulho. A cadela vem atrás de mim. Quando chego perto, o carro parece um navio encalhado, uma casa abandonada. A porta que o Jaume deixou aberta é como uma orelha quebrada. A frente destroçada, como depois de uma briga. Aproximo-me em silêncio. Os vidros me olham, negros como água à noite. Chego mais perto pela porta aberta, e dentro está tudo escuro, e não vejo direito os assentos, e cravo os olhos na escuridão, e nada se mexe. Tenho a espingarda a postos na mão direita, mas dentro do carro não há nada. Abaixo a cabeça e coloco as mãos no estribo do carro, e nada. Só um cheiro ácido e forte e fedido de animal selvagem e de cerveja e de sangue e de alguma outra coisa áspera.

Ouço o Jaume saindo da casa e se aproximando. Continuo tateando com as mãos o chão do carro e noto que está molhado, e então tiro as mãos e não vejo direito de que cor é o molhado, e esfrego na perna, e o Jaume, que já está ao meu lado, diz:

— Sinto muito.

Eu já sei que você sente muito, mas não digo nada porque tem mesmo é que sentir muito. Porque tem que sentir ainda um tanto de coisas.

— Você tem uma lista das coisas pelas quais sente muito? — pergunto.

Sorri um pouco, como se sorrir doesse. E então:

— Sinto muito pelo acidente — diz. — Sinto pelo Hilari ter morrido por minha culpa. Sinto por ter tido medo demais para vir lhe dizer que sentia muito. Sinto por não ter deixado que me visse daquele jeito. Sinto por ter ido embora e não ter voltado, nem ter dito que amava você, nem que queria você, nem nada. Sinto por não ter me atrevido.

Então eu me esquento. Respondo, com a espingarda na mão, zangada como uma montanha:

— E eu sinto por você não ter voltado e sinto por ter desejado sempre que você voltasse. E sinto que o Hilari tenha morrido por sua culpa e que isso tenha destruído tudo. E sinto por perdoá-lo, quando o perdoo. E sinto por não perdoá-lo quando não o perdoo. E sinto por, às vezes, não ser suficiente sentir, como, às vezes, não é suficiente amar.

E então caminho até a casa. Deixo a espingarda no armário. Gostaria de ir buscar a corça. Que o dia ainda não despontasse. Que a lua redonda viesse morar no jardim, como uma gata. Que o Jaume viesse morar no jardim, como uma gata. Que pudéssemos experimentar dizer todas as coisas muitas vezes. As xícaras, tristíssimas, ainda estão em cima da mesa da cozinha, no escuro, e a cadela vai para o quarto porque é hora de dormir. Porque estávamos dormindo e então despertamos, e agora parece que esta noite não vai terminar nunca. Mas não quero ir dormir. Não quero que o Jaume vá embora. Com tudo o que há para dizer.

Volto para fora de mãos vazias e fecho a porta da entrada. Sento no segundo degrau da entrada da casa, debaixo do céu aberto, debaixo da noite escura e da lua redonda. Faço um sinal de cabeça ao Jaume, que ainda está ao lado do carro, para que venha. Ele se aproxima e senta ao meu lado, e, entre o cheiro de cerveja e de suor que exala, chega a mim uma lufada terrível, de tão carregada de lembranças. Quero ir com ele procurar a corça. Quero procurá-la de manhã quando clarear e não encontrá-la. Que tenha corrido a noite toda. Que ainda esteja correndo agora. Que se esconda, e tenhamos de procurá-la durante anos. Estendo uma mão espalmada, para que ele coloque sua mão imensa sobre a minha. Tão suavemente que as gemas dos dedos mal se tocam.

— Quero que me conte tudo — digo. — Começando pelo Hilari e o acidente, e depois todo o resto, e a prisão. E o que você faz agora. E se não quiser me contar, ou se não souber como me contar, quero que vá embora.

Faz que sim com a cabeça.

— E depois será a minha vez de contar tudo — continuo. Tudo, e cada uma das coisas. E quando tivermos terminado, veremos quem somos.

— Comprei o açougue — digo de repente, me antecipo, escapou. E ele aperta a mão que eu tenho estendida, como se a abraçasse, com a sua pata imensa.

— Pensei que eu viria aqui e você não iria querer me ver — diz. — Ficava imaginando seus filhos, mas não conseguia ver o rosto deles. Você está bem aqui fora?

Há palavras que não podem ser ditas dentro de casa.

— Como é que você poderia me perdoar pelos últimos vinte e cinco anos? — pergunta de repente.

Não respondo e não o espreito, mas sei a cara que está fazendo agora. Cara de pena e de resignação, e cara de dor e de cachorro molhado, e olho pra ele de soslaio, rápido, e é a cara que acabei de imaginar. Volto os meus olhos até as árvores em frente à casa.

— Como você poderia me perdoar?

Alguns pássaros cantam na madrugada, mas é noite escura ainda. Pssss, penso. Ele fica calado e se concentra na escuridão, ali, nas folhas e galhos, como a goela de um lobo, como a goela de um cão.

E agora vai dizer algumas coisas. As que podem ser ditas em sucessão, como uma corda. As que ele lembra, as que se acendem como fogos de artifício quando cabe dizê-las e você consegue dizê-las. As que precisam ser arrancadas, como cebolas. As que têm de ser ditas baixinho e as que têm de ser ditas devagar. As que queimam. As que têm de ser ditas olhando as árvores, e as que têm de ser ditas olhando a relva, e as que têm de ser ditas olhando nossas mãos, uma sobre a outra, e depois olhando pra mim. Eu vou ouvir. Depois vou dizer algumas coisas. As que eu puder. E então o dia vai clarear. Primeiro de cinza, depois de azul e depois de amarelo.

* * *

Nota da autora

Muitas das lendas que aparecem no livro, eu as descobri em *Muntanyes maleïdes*, de Pep Coll. Para escrever "O nome das mulheres", li sobre bruxas e julgamentos por bruxaria em *Orígens i evolució de la cacera de bruixes a Catalunya (segles XV-XVI)* [Origens e evolução da caça às bruxas na Catalunha (séculos XV-XVI)], de Pau Castell Granados, e também *Un judici de bruixes a la Catalunya del Barroc: l'Esquirol 1619-1621* [Um julgamento de bruxas na Catalunha do Barroco: o Esquirol 1619-1621], de Jaume Crosas.

A personagem Eva, a menina republicana, está inspirada na garotinha da fotografia da família Gracia Bamala, que, com o título "Le cheminement douloureux", foi publicada pela primeira vez em 18 de fevereiro de 1939, na revista francesa *L'Illustration*, em uma reportagem sobre o exílio republicano intitulada "La tragédie espagnole, sur la frontière des Pyrénées", cuja autoria não se sabe ao certo. Para a construção da história dessa personagem, gostaria de citar também a memória escrita do documentário *Ni perdono, ni oblido* [Nem perdoo, nem esqueço], de Joan Giralt Filella.

E, para terminar, o capítulo "O urso" não seria como é se Joan-Lluís Lluís não tivesse escrito *El dia de l'ós* [O dia do urso]. E "O tranco" não seria o que é se Mikel Aboitiz não tivesse escrito o conto "Fundación mítica de Islandia" para o projeto *Notes on a Novel (That I Am Not Going to Write) or The Swimming Pool, or the Hair, the Herb and the Bread or the Tomato Plant*.

Agradecimentos infinitos

Agradeço infinitamente a Oscar, mãe e pai, Marta Garolera, Lluís Calvo, Irene Jaular, Lluís Bassaganya, Pol Ordeig, Xavier Castellana, Alexandra Laudo, Jan Ferrarons e Mikel Aboitiz.

tipologia Abril
papel Pólen Natural 70 g
impresso por Loyola para Mundaréu
São Paulo, janeiro de 2025